1945년 프랑스 중부 크뢰즈 지방의 레카르라는 작은 마을에서
태어났다. 부모가 결혼 생활을 시작한 마르삭, 아버지가 집을
나간 뒤 어머니가 교사 생활을 이어 간 무리우, 칠 년 동안
기숙 중등학교에서 수학한 게레까지 어린 시절을 모두 크뢰즈
지방에서 보냈다. 클레르몽페랑 대학교에서 문학을 공부했고,
앙토냉 아르토의 연극을 주제로 석사 논문을 썼다. 대학교
무렵부터 극단 활동을 시작했고, 한동안 특별한 직업 없이
알코올과 약물 중독에 시달리며 방황했다.

피에르 미숑은 자전적 작품 『사소한 삶(Vies minuscules)』
(1984)을 시작으로 느지막이 작가의 길에 들어선 뒤 고흐가
아를에서 그린 우체부의 초상을 탐구한 『조제프 룰랭의 삶
(Vie de Joseph Roulin)』(1988), 시인 랭보의 일생을 독특한
시각에서 조명한 『아들 랭보(Rimbaud le fils)』(1991), 문학
거장들(사뮈엘 베케트, 귀스타브 플로베르, 윌리엄 포크너,
빅토르 위고 등)의 이야기를 명상적으로 들려주는 『왕의
몸(Corps du roi)』(2002), 프랑스 혁명기 때 공안 위원회의
인물들을 다룬 소설이자 아카데미 프랑세즈 소설 대상을
수상한 『11인(Les Onze)』(2009) 등 여러 작품을 발표했다.
2015년 마르그리트 유르스나르상, 2017년 노니노 국제
문학상, 2019년 프란츠 카프카상, 2022년 프랑스 문학 발전에
기여한 작가에게 수여하는 프랑스 국립 도서관상을 받았다.

아들 랭보

Rimbaud le fils

아들 랭보

피에르 미송 장편 소설

임명주 옮김

Rimbaud le fils
Pierre Michon

민음사

그와 나 사이에 한 시대가 놓여 있다.

그 시대는 이제 광활한 눈의 나라가 되었다.

— 스테판 말라르메

차례

1

비탈리 랭보의
결혼 전 성은
퀴프였다고 한다

비탈리 랭보의 결혼 전 성은 퀴프였다고 한다. 시골에서 태어나 자란 그녀는 성격이 고약했고 고생을 많이 했다. 이 여자가 아르튀르 랭보의 엄마다. 비탈리 퀴프가 저주를 퍼부으며 살아서 고생했는지 아니면 고생을 많이 해서 저주를 퍼부었는지 그러므로 계속 저주를 퍼부으며 살았는지 우리는 모른다. 아니면 그녀의 머릿속에 저주와 고통이 손가락처럼 연결되어 있어서 서로 엉키고 서로 자리를 바꾸고 서로 쫓아다녔는지도 모른다. 그렇게 자극받은 손가락은 새까매졌고, 새까매진 손가락으로 자신의 삶, 자신의 아들, 살아 있는 사람들, 죽은 사람들을 짓눌렀을 수도 있다. 여자의 남편이자 그 여자 아들의 아버지인 남자는 아들이 여섯 살 때 멀리 떨어진, 병영이라는 연옥에서 사는 유령 같은 존재였음은 잘 알려진 사실이다. 프랑스 보병 대위인 아버지는 단지 이름으로만 존재했다. 그는 쓸데없이 프랑스 문법책에 주석을 달았고 아랍어도 읽을 줄 알았다. 이 경박한 아버지의 아들이 어둠의 자식이 된 까닭은, 아들이 어둠 속에서 아버지를 죽이고 싶어 한 탓에 하는 수 없이 아버지가 아들을 버렸기 때문인지 아니면 떠나간 아버지가 아들을 어둠 속으로 밀어 넣었기 때문인지 알 수 없다. 우리는 진실이 무엇인지 모른다. 사람들이 말하기를 아이는 책상 한쪽에 유령을, 다른 한쪽에 저주와 재앙이라는 괴물을 두고도 공부를 잘했고 시 짓기에 강하게 끌렸다고 한다. 어쩌면 12음절 시*의 단순하고 오래된 리듬에서, 저 멀

---

* 한 행이 12음절로 된 시. 6음절로 된 반행 두 개와 중간의 휴지부로 구성되어 있다. 압운은 각운이 사용된다. 12세기 프랑스 궁정 소설 『알렉산더 대왕 이야기』에 처음 사용되어 '알렉상드랭'이라고도 한다. 17세기 프랑스 문학의 연극이나 시는 주로 12음절로 되어 있고, 프랑스에서 가장 발달한 운문 형식이다.

리 병영에서 울리는 유령 같은 나팔 소리와 재앙의 괴물이 되뇌는 기도 소리를 들었는지도 모른다. 재앙의 괴물은 고약하고 고통스러운 삶에 리듬을 주기 위해 신을 찾았다. 아들 역시 같은 목적으로 시를 찾았고 리듬에 맞춰 나팔 소리와 기도를 완벽하게 결합시켰다. 시는 경험 많은 중매쟁이다. 그래서 랭보는 아주 어려서부터 시를 많이 지었다고 한다. 라틴어 시도 있고 프랑스어 시도 있다. 랭보가 어린 시절 지은 시에서 우리가 확인할 수 있는 것이란 기적은 없었다는 점이다. 시골 출신의 출중한 재능을 가진 아이가 손수 쓴 시에선 아직 고유한 리듬이 보이지 않았다. 그러나 리듬 자체는 정확했으므로, 그 덕분에 분노가 전혀 무뎌지지 않은 채 자비와 맞바뀔 수 있었다. 그렇게 분노와 자비는 같이 움직이다가 뒤섞여 한 번의 분출로 상승해 그대로 추락하거나 아니면 뒤섞인 상태로 둔중하게 힘없이 날아간다. 손에서 터졌지만 그래도 솟아오른 폭죽처럼. 이 시들은 모두 나중에 아르튀르 랭보라는 이름을 얻게 된다. 중학생의 습작이었다. 이렇게 습작으로 공책을 채우던 시절의 아이는 잘 웃지 않고 항상 찡그리고 다녔음이 분명하다. 아이의 숭배자들이 곳곳에서 모은 사진들이 이를 증명한다. 이 사진들은 변형 없이 그대로 불티나게 복제되어 전 세계 숭배자들의 손에서 손으로 전해지고 있다. 포병 군모처럼 생긴 로사 학교의 교모를 무릎에 올려놓고 찍은 사진과, 성직을 상징하는 우스꽝스러운 흰 천을 팔뚝에 두르고 있는 사진이 있다. 옛날에는 첫 영성체 미사 때 엄마들이 아들들을 그렇게 입혔다. 그 사진에서 아이는 작은 손가락을 미사 경본(표지는 녹색이 아닐까 한다.) 사이에 넣고 있다. 다른 사진에서는 비밀 칼로트 모자*를 숨긴 교모 속에 손가락을 감추고 있다. 하지만 눈은 항상 신랄하게 앞을 똑바로 쳐다보았다. 마치 사진가에게 주먹을 휘두르듯, 어쩌면 사진가를 증오하거나 욕망하듯 사진 속 아이는 언제나 화난 얼굴이었다. 그 시절 사진가는 검은 천을 둘러쓰고 과거로 미래를 만들며 시간을 속였다. 그 이후 아이의 삶이나 그 아이를 향한 우리의 숭배는 그 찡그린 얼굴 뒤에 얼마나 깊은 분노가 숨어 있었는지 알려 준다. 아이는 완장과 모자에만 화난 것이 아니라 완장과 모자에도 화가 난 것이

* 머리에 꼭 맞게 쓰는 작은 삼각 모자. 수도사와 성직자가 사용했으며 권위를 상징한다. 이 책에서는 시인, 특히 고루한 시인을 상징한다.

다. 사람들은 그 우스꽝스러운 복장 속에 대위의 그림자와, 거부와 재앙의 괴물이 숨어 있기 때문에 아이가 화났노라고 추측한다. 신의 이름으로 행하는 거부는 아이의 영혼을 공격했고 마침내 아이를 랭보로 만들었다. 대위와 괴물이 직접 공격한 것은 아니었다. 책상 양쪽에 놓인 그들의 멋진 초상화가 공격했다. 아마 아이는 두 사람 모두를 있는 힘껏 증오했을 것이다. 그래서 기도와 나팔 소리가 결합되어 있는 시 역시 증오했을 터다. 랭보는 부모가 자신에게 요구한 의무를 사랑했고 바로 그 이유로 항상 화가 나 있었다. 그는 계속 화냈고 우리는 이후에 무슨 일이 일어났는지 알고 있다.

아니면 랭보는 자신의 부모를 전혀 증오하지 않았을지도 모른다. 증오는 좋은 중매쟁이가 아니기 때문이다. 시는 주어지기 위해 쓰인다. 그 대가로 시는 사랑 비슷한 것을 얻고 또 결혼 화관을 만들어 낸다. 괴물은 아무리 고약하더라도, 아니 어쩌면 고약하기 때문에 그 누구보다 사랑을 많이 받아야 할 소명을 가지고 세상에 태어난다. 아니, 사랑을 베풀기 위해 태어났을 수도 있다. 스스로 깨닫고 있었는지는 모르겠지만 비탈리 랭보도 다른 사람들처럼 행복한 결혼 생활을 동경했다. 하지만 기도에 빠지고 어둠에 헌신하고 시커메진 손가락으로 못된 짓을 함으로써 자신이 누려야 할 즐거움을 갈기갈기 찢어 버리고 말았다. 그 이유는 스스로 어찌할 수 없고, 가늠할 수조차 없을 만큼 거대한 것에 목까지 잠겨 있었기 때문이다. 그리고 자신 역시 꽃이나 작위적인 웃음 같은 관습적인 유치한 선물, 빅토르 위고식의 가식적인 예의를 싫어했다. 하지만 사실 그런 것들도 진실성을 가지고 있으며 사람들 사이에 큰 재앙 없이 사랑이 흐르도록 도움을 준다. 그러나 비탈리 랭보에게는 통하지 않았다. 그녀는 다른 것과 마찬가지로 꽃과 가식적 웃음을 갈기갈기 찢어서 누더기로 만들어 버렸다. 그녀는 자신의 분신인 아들을 사랑하지 않았고 자기 자신도 사랑하지 않았다. 그녀가 유일하게 좋아한 것은 모든 것을 빨아들이는 깊디깊은 우물이었다. 그녀는 우물가에 핀 작은 꽃을 찾기 위해 우물 바닥과 벽을 손으로 더듬거리느라 너무 많은 시간을 흘려보냈다. 엄마는 더 강력한 봉헌물을 원했다. 그런데 아들은 처음부터 꽃다발이나 웃는 얼굴, 반듯한 넥타이, 말쑥한 바지, 어린 신사 같은 모습, 체리처럼 통통한 입술, 다른 엄마들이 좋아할 만한 위고식 책략이 자기 엄마에게는 충분하지도 않고 통하지도 않으며, 엄마가 시커먼 손가락으로 가볍게 부수어 우물 속으로 던져 버린다는 사실을 알았다. 그래서 기도라는 엄마의 해결책에 걸맞은 자신만의 해결책을 찾아야 했다. 아들은 셀 수 없이 많은 작은 선물과, 셀 수 없이 많은 작별을 고하고 자신의 기도, 각운을 맞춘 화려한 시를 만들어 냈다. 물론 엄마는 이해하지 못했다. 하지만 아들의 시에서 자신의 우물처럼 거대하고, 자신의 손가락처럼 완강한 뭔가를 발견했다. 이를테면 원인은 잊어버리고 결과를 무시하는 파괴적인 열정, 결과 따위는 생각하지 않는 순수한 사랑이었다. 교회처럼 마지막 촛불이 침통하게 타오르며 다리를 옥죄는 형틀과 지하 감옥의 냄새가 나고, 엄마에게 선물하는 화려한 말치레이자 유구르타, 헤라클레스, 사멸한 언어 때문에 죽은 장군들에 관한 라틴어로 쓰인 장황한 이야기였다. 시에서는 틀림없이 비둘기가 날고 6월의 아침이 밝아 오고 나팔 소리가 울려 퍼졌겠지만 종이 위에서는 이 모든 것이 12월처럼 불투명한 관용어에 불과했다. 또 글자는 시처럼 배치되어 있어, 그러니까 양쪽에 여백이 있고 그 사이에 수직의 작은 잉크 우물 하나가 있어서 페이지를 넘길 때마다 그 우물에 빠졌다. 우물 앞에서 엄마는 굳이 말하지는 않았지만 흥분했을지도 모른다. 자신의 모습을 봤기 때문이다. 샤를빌 부엌 식탁에 앉아 있던 아이가 고개를 들어 엄마를 봤다. 엄마의 입은 벌어져 있었다. 놀랐다는 듯, 존경한다는 듯, 질투 난다는 듯. 하지만 엄마는 곧 안정을 되찾았다. 그녀 안에 있는 손가락이 새까맣게 타들기를 멈췄고 저주의 샘은 말라 버렸다. 자신은 이해할 수 없는 미사여구의 우물을 보고 엄마는 자기보다 훨씬 강력한 사람이 우물을 팠다고 생각했다. 복구할 수 없을 정도로 마음속 깊이 우물을 판 그 사람이 그녀의 주인이고, 어느 면에서는 그녀를 해방시켜 주었다고 할 수 있다. 그래서 엄마는 아들의 머리를 쓰다듬었다. 엄마가 그럴 때도 있었다. 아들에게 선물을 받지 않았는가. 이것 말고도 아이는 경연 대회에 참가하기 위해 지은 라틴어 시의 초고를 엄마 앞에서 큰 소리로 낭송한 적도 있었다. 정확하게 운율을 맞춘 베르길리우스풍의 시였다. 생시르 여자 학교의 귀족 자제들이 국왕 앞에서 시를 낭송한 것처럼 랭보도 엄마 앞에서 자주 시를 낭송했으리라. 시골 여자인 엄마는 여왕처럼 앉아서 아들의 시를 들었다. 깜짝 놀랐지만 말없이 거만하게 여왕처럼, 그러니까 냉담하게 앉아 있었다. 아들 역시 자신이 지은 고귀한 기도문을 들고 엄마 앞으로 나아갔을 때 왕처럼 당당하고 열정적이고 근사했다. 동시에 브리엔 육군유년학교에 들어간 어린 보나파르트처럼 우스꽝스럽고 겁에 질려서 덜덜 떨었다. 여기에서 우리는 엄마와 아들이 그들 스스로 생각하는 것보다 훨씬 가까웠음을 짐작할 수 있다. 그러나 두 사람은 멀리 떨어져 있고, 각자의 왕좌에 앉아서 내려오고 싶어 하지 않았다. 서로 멀리 떨어진 두 왕국의 두 군주가 서신으로 소통하듯 어렸을 때 아들은 시를 지어 낭송했고 엄마는 아들의 시를 들었으리라고 나는 확신한다. 두 사람은 그렇게 서로에게 선물을 했다. 다른 집에서 하는 것처럼. 아이가 엄마에게 꽃다발을 선물하고 엄마는 아이를 포옹하고 아버지는 그 광경을 흐뭇하게 바라보고……. 아이의 아버지도 함께 있었다. 엄마와 아들은 장황한 라틴어시에서 잃어버린 나팔 소리를 들었다. 그랬다. 감히 속을 헤아릴 수 없을 만큼 다른 두 사람은 샤를빌 부엌에서 서로를 자극하며 일종의 사랑을 보여 주었다. 공중에 떠다니는 각운 맞춘 말들이 가교 역할을 했다. 허공에서 말들이 전등을 향해 광란의 춤을 추며 올라가는 동안, 여기 아래 의자에 앉아 있거나 식탁에 몸을 기대고 서서 낭송하는 두 사람은 인상을 썼다.

인상을 쓰고 있는 그 얼굴들을 우리는 잘 알고 있다. 카메라를 보고 얼굴을 찡그리고 있는 소년의 얼굴에 대해, 그 어떤 사진사도 검은 천 속에서 포착한 적이 없는 비탈리 랭보의 찡그린 얼굴에 대해 많은 이야기가 오갔다. 그리고 소년의 엄마와 마찬가지로 재미없는 그 사람, 부엌에서 펼쳐진 언어의 유희에 궐석으로 참석했던 그 그림자 같은 사람에 대해서도 우리는 거의 모든 것을 알고 있다. 현재까지 대위의 사진은 발견되지 않았지만 그가 연옥에서 카메라를 앞에 두고 포즈를 취했으리라는 데에는 의심의 여지가 없다. 하사관들 사이에서 손가락으로 황제 같은 수염을 다듬고 있거나 아니면 카드를 치거나 아니면 군검에 손을 올려놓고 있었으리라. 어쩌면 그 순간 대위는 어린 아르튀르를 생각하고 있었는지도 모른다. 아르덴 다락방에 있는 빛바랜 사진 속의 어린 아르튀르를 떠올렸을 수도 있다. 100년 전에 그 사진을 본 사람은 아무도 없었을 테지만. 대위의 등 뒤에서 나팔 소리가 울린다. 우리에게는 들리지 않는다. 숭배자들이 며칠 사이에 그의 사진을 찾아낼 수도 있다. 나는 그런 꿈을 꿔 본다. 우리는 군검에 올려져 있거나 수염을 다듬고 있는 대위의 손을 보게 될지도 모른다. 하지만 그가 무슨 생각을 하는지는 알 수 없을 것이다. 지금으로서는 대위의 얼굴마저 알 수 없다.

그러나 아이의 다른 조상들의 얼굴은 잘 알려져 있다. 사진이 남아 있기 때문이다. 검정 천 안에 자리한 마술 상자가 은염으로 마술을 부리기 전, 그러니까 땅에서 나온 염료를 가지고 오로지 사람의 손으로 시간을 속였던 시절에 살았던 조상들의 경우엔 초상화가 남아 있다. 우리는 이 조상들이 아이에게 숨을 불어넣고 계속 곁을 지켰음을 알고 있다. 사진으로만 곁을 지켰던 것이 아니다. 이 조상들은 아이의 엄마가 고집스러웠던 만큼 끊임없이 소환되어 부역해야 했다. 그리고 아이의 아버지보다는 여러모로 덜 유령 같은 존재였다. 조상들의 존재는 그들의 이름이 적힌 두꺼운 책이 확실하게 보증해 주었다. 반면 아버지의 흔적은 샤를빌을 급하게 떠나면서 남겨 둔 베셰렐의 문법책에만 남아 있다. 하지만 두꺼운 문법책의 여백에 남아 있는 지적인 주석과 알아보기 힘든 글을 그의 흔적이라고 하기에는 근거가 극히 빈약했다. 더구나 그 문법책에 저자로 인쇄된 이름은 아버지가 아닌 베셰렐 형제의 것이었다. 그렇다. 대위 부부와 피한 방울 섞이지 않았지만 태양과 달만큼 중요한, 저 멀리 있는 일곱 개의 행성 같은 할아버지들이 위엄 있게 아이 앞에 나타나서 길잡이 등대가 되어 주었다. 그들은 중학교의 밤하늘을 밝히는 먼 하늘에서 빛나는 별이었고, 말레르브와 라신이었고, 위고와 보들레르와 하찮은 방빌이었다. 말레르브와 라신은 위고를 낳았고, 위고는 보들레르를 낳았고, 보들레르는 하찮은 방빌을 낳았다. 그들은 (거의) 그 순서대로 거룩한 혈연관계를 이어 가며 12음절 시를 활활 타오르게 했다. 모두 거기서 왔다. 모두 12음절이라는 커다란 봉에 끼워진 채 찬란하게 빛나는, 다채롭지만 비슷비슷한 고리들이다. 하지만 고리들은 약간씩 달랐으므로 저마다 이름을 가지고 있다. 그 이름은 기나긴 탯줄을 타고 올라가서 마침내 베르길리우스에 다다른다. 베르길리우스에겐 12음절이 필요 없었다. 12음절 시의 원조이며 창시자이고 고유한 소유권을 가졌기 때문이다. 12음절의 조상들은 베르길리우스, 호메로스와 함께 헛되이 입에 올릴 수 없는 이름이 되었다. 이들은 모두 혈통을 잇기 위해 하늘로부터 특별한 권한을 부여받았으므로 저주를 퍼붓는 여자들 없이 자식을 낳고, 저주를 퍼붓는 여자들보다 말이 없는 책 속에서 더 큰 소리를 낼 수 있었다. 샤를빌에 있는 마지막 후예는 작은 책상 위에 수많은 조상들을 놓아두었다. 랭보는 스스로 그들의 후예가 될 수 있을지 확신할 수 없었지만 이미 그들의 후예였다. 조상들을 열성적으로 존경했기 때문이다. 그리고 열성적으로 증오하기도 했다. 그들은 랭보와 헛되이 입에 올릴 수 없는 이름 사이에 자리했고, 그 수가 너무 많아서 짐이 되기도 했다. 우리는 랭보가 끝내 그들을 딛고 일어섰으며, 그들의 스승이 되었음을 알고 있다. 랭보는 12음절이라는 봉을 부러뜨린 뒤에 너무 빨리 자신의 입을 닫아 버렸다.

2

우등상 부상으로
주는 책의 겨자들

우등상 부상으로 주는 책*의 저자들, 그러니까
가발을 쓴 17세기 작가들과 수염을 덥수룩하게 기른
1830년 작가들** 중에 라신과 위고 등이 있다. 이들의

---

* 가톨릭 학교에 반해 공교육을 장려하고자 1882년 공립 학교를 대상으
로 우등상 수여식을 실시하도록 법제화했다. 학년을 마치면 성적이 우수
한 학생들에게 상을 수여했는데, 시상식은 학교 행사에 그치지 않고 마을
또는 도시의 기관장, 유지, 주민들이 모두 참여하는 축제처럼 진행되었다.
이때 부상으로 책을 주었고 위인전과 고전이 주를 이루었다. 1968년 5월
혁명 이후 폐지되었다.
** 가발을 쓴 17세기 작가는 고전주의 작가들을, 수염을 기른 1830년
작가는 낭만주의 작가들을 말한다. 1830년은 고전주의와 낭만주의 작가

흉상은 자신을 시인이라 믿어 마지않고, 실제로도 시인이라 자부하는 고루한 사람들의 집을 장식하는 커다란 작약 꽃다발 뒤, 피아노 위에 놓여 있다. 이들의 얼굴을 새긴 싸구려 작은 목판화는 스스로를 시인이라 굳게 믿으며, 실제로 시인인 순진하고 거들먹거리기를 좋아하는 젊은이들의 다락방을 장식하기도 한다. 이 청동상이나 목판화 사이에서 꽤 유명한 시인, 조르주 이장바르의 얼굴을 찾을 수 있다. 안타깝게도 그는 뮤즈에게 속았다. 밤이 되면 12음절 봉에 끼워진 수많은 거장들이 별[星]로 떠오르지만 그는 그러지 못했다. 사람들은 그의 흉상을 만들지 않았다. 그는 심연 속에 있다. 12음절 시에 인생을 바쳤지만 12음절 시는 그를 저버렸다. 12음절 봉은 스스로 좋아하는 사람만 편애한다. 이장바르도 어렸을 적에는 셰익스피어가 되고 싶었다. 하지만 1870년 봄 스물둘이 되던 해, 어느 중학교 교실에서 그 꿈을 포기하고 만다. 학생들이 창문 너머 밤나무 꽃이 피는 광경을 바라보는 동안, 시인 이장바르는 교실 의자에 앉아서 랭

들이 첨예하게 대립한, 빅토르 위고의 「에르나니」 초연이 있던 해다.

보가 랭보가 되는 모습을 홀로 지켜보았다. 그리고 그 자신은 영원히, 샤를빌 중학교에서 수사학을 가르치는 이장바르 선생님으로 남았다. 그는 영원히 스물둘이었지만 스물두 해보다 훨씬 오래 살았다. 하지만 기나긴 여생은 죽은 언어였고, 나중에 출간한 시집도 바이올린에 오줌을 누듯 헛수고한 세월에 관한 것이었다. 여하튼 그는 샤를빌 중학교의 젊은 수사학 선생님이었다. 랭보의 도판집 첫머리에 그의 사진이 실려 있다. 아주 작은 사진이고 전면에 실리지도 않았지만. 만약 사진술이 아주 오랜 옛날에 발명되었다면 이장바르는 구세주의 출연을 알리는 이름 없는 선지자, 단역 배우, 또는 졸개의 모습을 하고 있었으리라. 세례 요한도 아닌 요셉도 아닌 복음서에 언급조차 되지 않는, 아마 신의 아들에게 처음으로 대패 잡는 법을 가르쳐 준, 요셉의 목공소에서 일하던 직공이었을 것이다. 랭보가 쥔 대패는 프랑스식 12음절 시였다. 이장바르는 말레르브 이래로 써 왔던 오래된 작법부터 이장바르 자신이 속해 있는 고답파 시인들의 새로운 작법까지, 모든 것을 신의 아들에게 알려 주었다. 그때부터 중학생 랭보는 알 듯 모를 듯 한 라틴어 '기도문'을 버리고 프랑수아 비용에서부터 프랑수아 코페에 이르기까지, 손에서 손으로 전해져 내려온 수백 년 된 전통 악기를 연주하기 시작했다. 그 악기는 프랑스어다. 프랑스어는 말의 의미가 우회적이지 않고 직설적으로 표현된다. 그렇다면 랭보는 12월의 불투명한 관용어가 아닌 마녀도 이해할 수 있는 언어로 쓴 시를 마녀에게 헌정했을 테고, 6월의 언어로 된 시를 통해 마녀와 몸소 겨룰 수 있었으리라. 하지만 그러지 않았다. 이제 시는 더 이상 엄마를 위한 것이 아니었기 때문이다. 아들은 청년이 되었고 엄마의 치마폭에서 벗어났다. 그러나 랭보가 부엌 전등불 아래서 프랑스어로 쓴 시를 낭송했다면 자신의 사랑을 명확한 의미로 한없이 폭발시켰을 테고, 엄마 발아래에 쓰러지며 갓난아기처럼 옹알거리고 울다가 첫 반행이 끝나기도 전에 낭송을 멈출 수밖에 없었을 것이다. 시의 의미를 명확하게 이해한 엄마는 아들을 걱정적으로 일으켜 세워서 무릎에 앉히고 콧물을 닦아 주며 토닥이고 달래 주었을지도 모른다. 그러면서 엄마도 약간의 위로를 받았으리라. 하지만 시는 위로를 원하지 않는다. 그래서 엄마는 입을 다물었다. 사람들은 이장바르의 영향을 받은 랭보의 습작이, 이장바르가 지켜보는 가운데 작품이 되었다고 말한다. 작품이 된다는 것은 괴물이 된다는 뜻이다. 아들이 늙은 마녀를 무시하고 더 이상 시를 낭송하지 않은 까닭은, 자기 안에서 분노가 점점 커지고 허기가 더 강렬해지고, 날개와 일곱 리를 가는 장화가 꿈틀거렸기 때문이다. 게다가 자신보다 힘센 왕들에게 맞서고 싶어서 안달이 났다. 한 명씩 차례로 끌어내려 발밑에 땅을 파고 우물을 만들어서 그곳에 무자비하게 던져 버리고 싶었다. 이장바르가 첫 희생자였다.

랭보는 이장바르를 좋아했다. 하지만 시는 그를 좋아하지 않았다. 시는 이장바르를 이용하기만 했다.

재앙의 괴물은 그 점을 알았지만 말하지 않았다. 이장바르가 말할 수도 있었다. 알이 작은 안경을 쓰고 인상은 선하지만 행동거지에서 약간의 거만함이 느껴지는, 떨리는 입술과 길다 싶은 머리와 열렬한 공화주의자의 얼굴을 한, 은염의 마술이 잘 포착해 낸 수줍으면서도 용기 있는 특유의 냉정함을 지닌 고등사범학교를 갓 졸업한 스물두 살의 선생님은 말할 수도 있었다. 그런데 사실 시인 이장바르는 아무것도 몰랐다. 1870년 신학기, 신임

이장바르 선생님은 교정을 가로질러 밤나무 아래를 걸어가고 있었다. 교모를 쓴 학생 몇 명이 교실 앞에서 자신을 기다리고 있는 모습을 보고 그는 어깨를 펴고 허리를 곧추세우고 화창한 하늘을 향해 코를 높이 쳐들었다. 이장바르 말고는 그날의 하늘이 정확히 어떤 파란색이었는지 알 수 없겠지만 어쨌든 한 점의 그늘도 없는 깨끗한 파란색이었으리라. 대담해서인지, 아니면 수줍어서인지 그는 완벽한 파란색 뒤에 둘러진 장례포를 보려고 하지 않았다. 파란색은 장례포의 근본이자 기본이고, 실제로 그 색채의 임무는 불운을 덮어서 감추고 영광을 그리는 것이다. 그런 임무가 없다면 파란색은 그저 물감이거나 청금석 보석에 지나지 않을 터다. 물론 이장바르는 시를 좋아했고 시를 썼다. 그러나 그 방식은 사냥에 미친 남자들의 태도와 비슷했다. 이를테면 사냥 서적, 깃털 뽑기와 피가 흐르는 아름다운 가을날의 이야기, 들짐승 사냥과 매사냥에 관한 고급 전문 용어들, 그리고 숲 한쪽에서 아름답게 울려 퍼지는 뿔피리 소리에 천사가 나타난 듯 열광하지만 막상 발아래로 귀가 총총한 토끼가 굴러떨어지면 손에 총을 들고 있음에도 덜덜 떨면서 눈을 질끈 감고 애꿎은 데로 총을 발사하고 마는 상황 말이다. 그런데도 사냥을 마치고 돌아와서는 좋은 사냥이었다고 말한다. 이장바르 역시 아무도 죽이고 싶어 하지 않았지만 사냥을 하면 좋으리라고 믿는 사람이었다. 만약 수업이 끝나고 학생들이 나간 뒤 당신이 교실로 들어가서 이장바르가 권한 의자에 앉으며 그에게 시가 무엇이냐고 묻는다면 그는 당황해서 얼굴을 붉힐 것이다. 어쩌면 안경을 벗고 사범학교 손수건으로 안경을 닦으면서 당신을 바라보지 않은 채 창밖을 내다보며 떨리지만 힘 있는 목소리로 대답하리라. 시는 마음에 관한 것이라고. 그래서 언어는 신부(新婦)처럼 곱게 치장하는 것이라고. 물론 보들레르 이후로는 눈 화장을 화려하게 한 매독에 걸린 고급 매춘부처럼 시를 치장하기도 하지만, 어쨌든 구덩이를 파서 언어를 던져 넣고 덜덜 떨게 하는, 낯빛이 거무스레한 시골 아낙의 모습은 분명 아니라고 대답한다. 이장바르에게 시는 '좋은 것'이었고, 완전히 믿을 만한 아군이었다. 세당 전투나 대학살 편이 아니라 공화국이나 우등상 수여식과 한패였다. 그리고 사악한 요정이 시 앞에 고약스럽게 놓아둔 장애물, 전쟁과 범죄를 초래하는 장애물을 제거하는 것이 우리의 의무라고 생각했다. 또 모두 민주적으로 시인이 될 수 있다고 믿었다. 어린아이의 상상력과 철저하게 엄수된 운율과 자유로운 자유[*]만 있으면 누구나 시인이 될 수 있다는 것이다. 당신은 운율을 철저하게 지키는 것에는 동의하지만 나머지 점에 대해선 의문스럽고 유보적이다. 젊은 수사학 선생님이 불쑥 내뱉은 말에 고무된 당신은 작은 책상 아래로 뻗은 다리가 불편하지만 창문 너머 나무에 핀 아름다운 꽃을 보고 가슴이 쿵쾅거린다. 당신은 시가 완전히 좋은 편에 설 수 있다는 데에 반대하지 않았다. 그 까닭은 우리의 첫 조상이 고귀한 동산에 있었을 적에 말없이, 마치 꽃들처럼 날개 달린 전령-꿀벌들을 통해 소통하다가 천사가 그들에게 추방의 문을 가리켰을 때에야 비로소 자신들의 혀가 풀리는 것을 느꼈기 때문이다. 그리하여 당신은 인간의 언어가 인간이 타락한 뒤에 생겨났고, 언어 중의 언어인 시 역시 보편의 우물 속으로 떨어졌다고 지적했다.

---

[*] 1870년 여름, 파리로 가출한 뒤 랭보는 11월에 이장바르 선생님에게 보낸 편지에서 가출의 이유를 이렇게 썼다. "저는 고집스럽게 그리고 끔찍이 자유로운 자유(Liberté libre)를 열망합니다."

아마 시는 인간이 타락한 속도보다 두 배나 더 빠르게 추락했을 것이다. 아니면 우물 속에 떨어진 시는 맹렬하게 복제를 거듭하며 손목의 힘으로 끊임없이 벽을 타고 올라와서 거의 우물 입구까지 도달했을 수도 있다. 하지만 다시 더 아래로 떨어졌을 테고, 그렇게 자신의 자유로운 자유권을 행사했을 수도 있다. 마음을 정하지 못한 당신은 뭐라고 말해야 할지 몰라서 대담하게, 그러나 두려움에 떨며 적당한 말을 찾았다. 이장바르는 차분하게 사범학교 손수건을 접고 안경을 다시 썼다. 그는 당신을 잠깐 위아래로 훑어본 뒤 목소리를 가다듬고 차갑게 종교가 무엇이냐고 묻는다. 이번에는 당신이 얼굴을 붉히며 저녁나절의 밤나무를 쳐다보고는 세당 전투에 대해 말한다.

하지만 당신의 입에서 나온 이야기는 세당 전투가 아니다. 당신이 수사학 교실에 있는 지금은, 세당 전투가 시작되기 석 달, 아니면 여섯 달 전이다. 세당이 역사의 반항아가 되기 전이고, 아르덴 지방에 있는 여러 군 주둔지 중 한 곳에 불과할 때였다. 아마 솔페리노나 세바스토폴, 아니면 대학살이 일어난 다른 장소를 말했을 것이다. 까마귀 여신, 전쟁의 마녀가 죽은 병사들 위에서 춤을 추는 상황에서는 반박할 수 없을 만큼 확실히 악은 바깥에 존재한다고, 즉 말레르브가 아니라 루이 나폴레옹에게 있으며, 언어가 아니라 비상식적인 행동에 있음을 강조하기 위해서 말이다. 또 마녀는 완장과 군모에 있지, 요정인 시에 있지 않다고 생각하는 이장바르에게 동의하고자 그랬다. 그 설명을 듣고 안심한(시에 대해서는 아니다.) 이장바르는 문까지 당신을 배웅한다. 그리고 고등사범학교 졸업생답게 정중하게 인사하고는 라틴어로 농담을 건넨다. 라틴어 농담과 함께 당신은 그에게 작별을 고한다. 당신은 아니지만 많은 사람들이 이장바르를 존경한다. 이장바르 같은 사람들 덕분에 세상이 계속 굴러가고 악은 바깥에 머무르는 것이다. 가까이 있지만 어쨌든 악은 밖에 있고, 없는 곳 없이 사방에 존재하지만 물리칠 수 있다고 의심하지 않는다. 이장바르는 자신이 옳다고 믿는 선을 위해 싸웠던 옛사람들 같은 그런 사람이다. 스물둘 청년은 마녀가(여기서는 비탈리 퀴프를 말한다.) 시와 대척점에 있고, 시의 장애물이고, 아들을 너무 산문적으로 만들었으며, 아들이 쓴 자유로운 시를 오염시킨다고 생각했다. 그래서 그는 아들이 엄마에게서 벗어나도록 도왔다. '프랑스 시'의 미래를 생각한다면 잘한 일이지만 그가 원하는 방식은 아니었다. 왜냐하면 아들의 사랑을 잃고 거부당하고 웃음거리가 되고 세상한테 버림받고 부정당한 엄마가 수많은 가시적인 존재들로부터 떨어져 나와서 완전히 아들에게로 숨어드는 일이 자주 일어났기 때문이다. 엄마는 낡은 치마를 양손에 잡고 완전히 아들 안으로 뛰어들었다. 그곳은 절대 열린 적 없는 컴컴한 골방이므로 사람들이 스스로의 행위를 의식하지 못하고 행동하는 장소라고 한다. 엄마는 골방에서 대위와 재회했다. 대위는 검을 차고, 군모를 쓰고 꽤 오래전부터 그곳에 있었다. 하지만 엄마가 대위보다 더 큰 소리를 냈다. 이런 일은 곧잘 일어난다. 자주 일어나지 않는 일이라면 아들이 아르튀르 랭보라는 것, 아들의 재능이 겨우 아름다운 시를 쓰는 것이었다는 점이다. 엄마는 내가 말한 적 있는 시커먼 손가락으로 아들 안에서, 묶이고 붙잡힌 아들 안에서 이번에는 부당하게도 가장 아름다운 시들을 두 개씩 엮어 냈다. 그렇다, 지난 100년 동안 경이롭게 발전을 거듭해 온 알렉상드랭 시가 1872년 즈음 침울한 한 여자의 손에 회복할 수 없을 정도로 파괴되는 운명을 맞이한 것이다. 여자는 아이의 몸 안에서 긁어 대고 부딪히며 광기를 폭발시켰다.

이장바르가 그럴 능력이 되는 사람인지 모르겠지만 어쩌면 결국 눈치챘는지도 모른다. 일 년 뒤 랭보가 자신을 조롱하고, 자신에게서 멀어지고, 자신이 준 책을 벼룩시장에 헐값에 팔아 치우고, 자신을 골방에 던져 넣었을 때 시는 '좋은 것'이 아니었음을, 또 자신이 늙은 마녀를 죽였다고 여겼지만 종국에는 그녀가 시를 썼고 그녀가 자신을 죽였음을 깨달았는지도 모른다. 이장바르가 그 점을 보지 못했을 리 없다. 그렇다고 인정할 수는 없었으리라. 바로 그런 이유로 시인 이장바르는 알면서도 고개를 돌린 채 영원히 헛물켰던 것이다. 하지만 그것은 우리가 알 바 아니다. 이제 교실을 나서야 한다. 학생들이 보고 있으니 당신은 모자를 쓰고 밖으로 나선다. 밤나무 그늘을 걸어 학생들 앞을 지날 때 학생들은 당신을 장학관으로 생각했는지 교모를 벗으며 인사를 올린다. 어쩌면 그들 중 한 명은 모자를 벗지 않고 인상을 쓰면서 노골적으로 고개를 젖힌 채 하늘을 보았을 수도 있다. 자기 머리 위에 있는 5월의 밤나무보다 더 아름다운 것은 세상에 없다는 듯. 이장바르는 교실 문 앞에 아직 서 있다. 등 뒤로 보이는 수사학 교실은 벌써 캄캄하다. 이장바르는 저녁녘 어둠과 한 몸이 되어 가는 당신을 지켜보고 있다. 그는 라틴어로 뭐라고 말한다. 당신은 뒤돌아보지 않는다. 당신이 찾는 것은 그에게 없기 때문이다.

3

당신이 찾는 것은
방빌에게도 없다

당신이 찾는 것은 방빌에게도 없다.

방빌 역시 이장바르에 이어서 랭보의 이야기에 등장한다. 우리는 중학생 랭보가 르메르 출판사에 추천해 달라고 시 몇 편을 방빌에게 보냈음을 알고 있다. 열정과 정성을 쏟아부은 이 시들은 아마도 랭보가 고답파 시인에게 보여 줄 만하다고 판단한 첫 시들이었을 터다. 더 이상 우등상으로 만족할 수 없었다. 우등상은 제 역할을 다했다. 분노로 가득 찬 가슴에 거친 야망을 심어 주었고 동시에 허세일 수도 있고, 끊임없는 노력일 수도 있고 신의 선물일 수도 있는, 아니면 세 가지 전부일 수도 있는 모호한 능력을 안겨 주었다. 당시에 '천재성'이라고 불리던 이 초현실적 자질은 절대 그 자체로 눈에 띄게끔 사람의 머리 위나 몸 뒤에서 나타나지 않았다. 또 후광이나 힘이나 아름다움이나 젊음 같은 것으로도 드러나지 않았다. 그 대신 아주 사소한 것, 예컨대 종이 위에 쓰인 완벽한 규칙을 지닌 짧은 글 같은 것으로 나타난다. 우리는 이 글들이 대개 별 볼 일 없는 것임을 안다. 시가 진짜 완벽한 것인지, 아니면 어렸을 때 누군가 우리 귀에 대고 시가 완벽하다고 속삭였기 때문에 완벽한지, 또 우리 역시 다른 이들에게 시가 완벽하다고 끊임없이 속삭였기 때문에 완벽한지는 절대 알 수 없다. 그 시들을 쓴 시인이라고 해서 우리보다 더 잘 아는 것도 아니다. 어쩌면 우리보다 더 모를 수 있다. 시가 완벽한지 아닌지 알 수 있는 때는 12음절 봉을 연결하는 순간이다. 물림 장치의 암수가 완벽히 딱 맞아서 착 하고 소리를 내며 맞물리는 순간 모든 것이 끝난다. 그런데 한바탕 완벽하게 들어맞으면 시인은 휘청거린다. 시인이 물림 장치 안에 있기 때문이다. 12음절 봉이 시인을 물림 장치 안에 가둬 놓았으므로 시인은 더 이상 시를 쓸 수 없다. 시인은 총사령관 위고처럼 죽을 때까지 12음절 봉을 끊임없이 연결하고, 또 위고처럼 상어의 턱뼈 같은 튼튼한 물림 장치를 가지게 되고, 마침내 '시 그 자체'*가 된다. 시 그 자체가 된 시인은 식탁에선 생쥐처럼 벌벌 떨지만, 일단 밖에 나가면 사람들이 자기 머리 위에서 빛나는 후광 비슷한 것을 알아보고 자신에게 후광이 있다고 말해 주기를 바란다. 스스로는 볼 수 없기 때문이다. 랭보의 천재성으로 다시 돌아가 보자. 아르덴 촌구석에서 얼굴에 인상을 쓰고 있는, 하지만 모든 것이 뒤섞여서 복잡하고 오래된 신학 이론처럼 다양한 내면을 가진 순수한 사랑의 화신인 한 남자 안에서 격렬하게 타오르는 바로 그 야망으로 다시 돌아가 보자. 복잡하게 얽힌 매듭의 상징인 그 천재에게로 다시 돌아가 보자. 천재성이란 야망이 우선하고 그 뒤에 따르는 엄청난 노력의 결과로 발현하는 것인지, 아니면 반대로 순전히 기적에 의해 펼쳐진 천재성이라는 날개가 만들어 낸 그림자를 알아본 사람들이 신기루를

---

* 1897년 말라르메는 「운문의 위기」라는 에세이에서 빅토르 위고를 "시 그 자체"라고 표현했다.

향해 달려드는 것인지 우리는 알 수 없다. 시인은 허깨비 같은 자질의 노리개가 되어 그림자를 만들고, 그 그림자에 심취해서 더 커지려고 노력하다가 지옥에 떨어지고 만다.

　이것이 순수한지 아닌지 우리는 모른다. 태초에 말씀이 있었는지, 아니면 화려한 제복을 차려입은 군수에게 우등상의 부상으로 받은 리본에 묶인 책들이 있었는지 우리는 모른다. 태초의 말씀에서 나온 '천재성'은 샤를빌이든, 밧모섬이든, 건지섬이든 원하는 곳이면 어디로든 갈 수 있다. 그것엔 정해진 거주지가 없다. 그러나 특정 지역에 머물러 있는 천재성은 우등상 시상식에서 확인할 수 있다. 7월 어느 날, 화분과 깃발로 장식한 샤를빌 중학교 강당에 '천재'가 있었다. 그런데 천재라는 말이 존재하고 또 우리가 오용하고 있을 뿐, 실상 천재는 존재하지 않는다. 하지만 그 시대의 시인들은 이 존재하지 않는 천재라는 위상을 사람들이 자신들에게 베풀어 주기를 바랐다. 늙은 시인들은 사람들이 자신들을 아카데미 프랑세즈와 팡테옹에 입성하게 해 주는 것으로써 안심시켜 주기를 끊임없이 요구했다. 그 바람대로 수

많은 이들이 모자를 벗어서 시인에게 경의를 표해 주었지만, 만약 불행하게도 이런 대중이 없는 경우에는 천상의 길을 통해 셰익스피어와 모차르트와 베르길리우스를 소환해 냈다. 모차르트와 베르길리우스는 마치 아버지처럼 작은 파도가 이는 바다를 건너 달려왔다. 날씨가 험상궂은 날에는 큰 파도를 헤치고 왔다. 회색빛 건지섬에서 흔들거리는 테이블에 귀를 쫑긋하던 위고는* 붉은 조끼를 입은 테오필 고티에와 함께 「에르나니」 초연 현장에 있었다. 그는 극장에서 일어난 소동의 소리를 들었다. 젊은 시인들은 원로들이 호의와 상호성에 입각해서 자신들에게 자비를 베풀어 주기를 기대했다. (호의와 상호성이 아니라, 어쩌면 그들 사이에 존재하는 미래에 대한 애매한 믿

---

* 1852년 나폴레옹 3세가 쿠데타를 일으켜 제정을 선포하자 빅토르 위고는 영불 해협에 있는 영국령 저지섬으로 망명한다. 이때 섬을 찾은 친구이자 시인인 델핀 드 지라르댕이 위고에게 심령술을 소개해 준다. 위고는 테이블에 둘러앉아 죽은 사람을 부르고 영혼에 반응하는 테이블에서 망자와 대화하는 심령술에 심취해 거의 매일 저녁 심령회를 열었다. 심령회는 그가 1855년 건지섬으로 이주한 뒤에도 계속 이어졌다. 위고는 모세, 플라톤, 아리스토텔레스, 예수, 한니발, 셰익스피어, 라신, 몰리에르, 루이 16세 등 수많은 사람들과 대화했다고 주장하며 그들과 나눈 이야기를 꼼꼼하게 기록했다.

음, 아니면 가공할 만한 인간과 신 사이에서 어른거리는 미래에 대한 강한 두려움일지도 모른다.) 젊은 시인들은 자격을 갖춘 시인들이, 그러니까 단 한 번이라도 천재라는 단어가 이름 곁을 스쳐 지나간 적 있는, 그래서 머리 뒤에 보이지 않는 후광을 지닌 시인들이 그 후광 한 줄기를 나눠 주길 기대했다. 가장 나이 많은 시인이 가장 어린 시인에게 꺾꽂이를 해 주면 되었다. 어린 시인은 그 후광을 절대 온전히 훔칠 수 없으므로, 그러니까 랭보든 세례 요한이든 늙은 시인이 주어야만 그것을 가질 수 있었다. 랭보는 이 작지만 거대한 도움을 방빌에게 요청했다.

지금 방빌에 대해 말하는 사람은 없다. 그 역시 헛일을 했다. 그는 신비로움과 실패가 만들어 낸 혜택을 보지 못했고, 이장바르의 그림자가 누리는 존재의 박탈도 누리지 못했다. 그의 시선집에 실린 시들을 보자면 (이제는 아무도 그의 모든 시집을 읽지 않는다. 그러니까 도서관을 나오면서 워크맨과 오토바이를 보고 투덜거리는 두에 혹은 콩폴랑에 사는 레오토* 같은 늙은 독학자라면 모를까. 아니, 좀

---

* Paul Léautaud(1872~1956). 프랑스의 소설가이자 연극 평론가. 부모의 방치 탓에 정규 교육을 15세까지밖에 받지 못했다. 그 후 허드렛일

더 좋게 생각해 보자면, 아주 어린 시골 여자아이가 읽었을 수도 있다. 여자아이는 6월 방학을 맞이해 특별한 상대는 없지만 한없이 자유로운 사랑에 부푼 가슴을 안고 다락방으로 올라가 할머니의 옷가지 속에서 테오도르 드 방빌의 시집 『여인상』을 발견하고는 그 오래된 시집을 보리수 아래서 혼자, 저녁 늦게 까지 읽었을 수도 있다.) 그의 시선집에 실린 시들은 항상 같다. 가장 좋은 시들만 뽑았을 텐데도 너무 보잘것없다. 방빌은 굉장한 시인이 아니다. 우리에게는 굉장한 시인이 아니지만 그가 살아 있을 당시엔 굉장해 보였다. 보들레르 아니면 당신, 나 아니면 생트뵈브, 랭보 아니면 랭보의 후예들 중 누군가 잘못 본 것이다. 하지만 어떻게 알 수 있었겠는가? 문인들은 경박한 존재가 아니던가! 그러므로 우리는 방빌의 시를 읽지 않는다. 만약 읽었다면 우리 할머니들이 술에 취한 손자를 닮았다고 생각하는, 숲 한구석에 자리한 바쿠스상과 보랏빛 눈동자에 나

을 전전하며 독학으로 문학을 공부하고 23세에 문학지 《메르퀴르 드 프랑스》에 시 「엘레지」를 발표하면서 문단에 데뷔했다. 1902년 자전 소설 『작은 친구』를 발표한 뒤, 돈벌이를 위한 글쓰기를 거부하며 잡지에 연극 평론을 기고하고 일기를 쓰는 일을 제외하면 작품을 발표하지 않았다. 60년 동안 써 온 일기는 만년에 『문학 일기』라는 제목으로 발표되었다.

름대로 예쁘장하고 자세가 반듯하지만 튜닉 속으로 보이는 엉덩이는 빈약한 아테네의 여신상이 나오는 시들을 끊임없이 짜깁기해서 만든 선집에서나 읽었을 것이다. 우리는 다른 시들을 읽었기 때문에 방빌 역시 조숙한 천재였음을 알고 있다. 요람에서 야망과 순수한 사랑과 일곱 리를 가는 장화를 선물받았고, 아작시오의 보나파르트와 샤를빌의 랭보처럼 구습을 끝내 버리겠다는 강한 의지를 가진 채 물랭에서 파리로 올라온 그는 자랑스럽게 『여인상』을 던졌다. 열여덟 살 소년의 작품이라고는 아무도 믿으려 하지 않았다고 보들레르는 말했다. 그렇다. 우리도 알듯이 보들레르는 방빌을 높이 평가했고 또 친구가 되었다. 그뿐만 아니라 방빌을 플로베르와 샤토브리앙의 반열에 올려놓으며 건달 같은 현대 작가들과 구분했었다.* 선의의 덕담이 아니라면 이보다 더 확실한 인증서가 있을 수 있을까? 그런데 우리는 보들레르가 그토록 욕망했던 뚱뚱한 마리 도브렁과 방빌이 오

---

* 1866년 2월, 보들레르가 쓴 편지에 있는 구절이다. "샤토브리앙, 발자크, 스탕달, 메리메, 비니, 플로베르, 방빌, 고티에, 르콩트 드 릴을 제외한 건달 같은 현대 작가들에게 치가 떨린다."

랫동안 잠자리를 가졌음을 알고 있다. 그 때문에 두 사람의 사이는 틀어졌고 나중에 마리 도브링이 브뤼셀에서 빈털터리가 되었을 때, 너그럽고 부유한 방빌이 장관에게 탄원서를 올린 덕에 그녀는 연금을 받고, 잘 손질된 옷을 입고, 다정한 손길이 건네주는 부드러운 음식을 미련스러운 입으로 받아먹고, 내일을 걱정할 필요 없이 '제기랄!'이라고 욕을 내뱉으며 살게 되었음도 알고 있다. 이것이 귀족 인증서가 아니라면 무엇이 귀족 인증서이겠는가. 지드는 그 고약한 입으로 방빌의 시가 과일잼을 입에 한가득 물고 있는 듯 달달하다는 평을 받았다고 증언했고, 의사인 앙리 몽도르는 방빌이 롱도, 반복 롱도, 레, 비를레, 빌라넬르, 샹 루아얄 같은 한물간 시 형식을 높이 평가하고 부활시켰다고 말했다. 말라르메는 방빌을 가리켜서 "사람이 아니라 리라의 선율 그 자체"라고 했다. 그러나 사실 그는 다만 사람이었다. 점잖은 부르주아고 훌륭한 시인이며 "산책하는 이에게 소중한"* 뤽상부르 공원을 거닐기를 좋아했다. 그는 분명 나무 아래

---

* 말라르메의 시 「소요」의 한 구절.

서, 멀지 않은 곳에 위치한 팡테옹의 돔을 선망의 눈길로 바라보았을 것이다. 또 6음절 봉을 두 개씩 열심히 쌓았으니 그 대가로 언젠가 자신도 어둑한 궁륭 아래 누워 있게 되리라고 기대했는지도 모른다. 위인들에게 어두운 궁륭은 산책하는 사람들이 사랑해 마지않은 잎사귀가 풍성한 6월의 초록이나 다름없다. 그가 랭보가 될 수 없는 까닭은 바로 이것이다. 이런 소박한 야심 때문이다. 우리는 방빌의 목소리도 알고 있다. 앙토냉 프루스트가 한낮에 울려 퍼지는 그의 목소리를 들었다. 노래하는 듯 리드미컬하고 말라르메의 목소리처럼 날카롭다고 했다. 방빌은 그 날카로운 목소리로 "나는 서정 시인이며 내 처지에 맞게 산다."라고 말하고는 했다. 노망난 소리 같기도 하고 순진한 소리 같기도 하지만 어쨌든 듣기에 좋은 이 말을 (말 속에 야릇한 잔혹성이 숨어 있다.) 날카로운 목소리로 내뱉고는 팡테옹의 돔을 바라보면서 프티부르주아처럼 뤽상부르 공원을 산책하는 방빌의 모습을 우리는 어렵지 않게 상상할 수 있다. 그는 전형적인 인물이므로 우리는 방빌 같은 사람을 수백 명도 더 봤다. 마지막으로 우리는 베를렌을 통해 방빌이, 바토가 그린 피에로와 놀라울 정도로 닮았다는 매우 소중한 정보 역시 알고 있다. 바토의 피에로가 우연히 파리를 돌아다니고 있다고 착각할 만큼 둘은 정말 많이 닮았다. 그 말은 방빌이 그 피에로의 모델인 노장쉬르마른 마을의 샤를 카로 신부와 닮았다는 뜻인데, 카로 신부는 1721년 이후로 뤽상부르 공원은 말할 것도 없고 파리에 발을 들여놓은 적이 없었다. 그는 노장쉬르마른의 이회암 땅을 아예 떠난 적조차 없었다. 방빌은 피에로처럼 감기에 걸린 듯 빨간 코와 울음을 터뜨리기 직전의 얼굴을 하고 있다. 어쩌면 피에로는 자신이 노인의 영혼을 가지고 있음을 슬퍼하는지도 모른다. 은염은 고분고분하게 사진을 복제했다. 원래 하던 대로 사진을 한 장 한 장, 아메바가 증식하듯 완벽하게 똑같이 복제해 냈다. 내 눈앞에 펼쳐진 랭보 도판집 39쪽에도 그의 사진이 복제되어 실려 있다. 그 사진 역시 베를렌의 생각을 확인해 주고 있다.

바토의 '피에로'는 신고전주의풍의 허튼소리 같은 시를 썼다. 그것이 오늘날의 평가다. 하지만 당신이 방빌이 살았던 시대의 시인이었다고 가정해 보자. 그것도 어린 시인이었고, 아직 완전히 랭보가 되기 이전의 거의 랭보인, 구태의연한 시에 지친 시인이었다고 상상해 보자. 당신은 생제르맹 대로에서 일렁거리는 가슴을 어르며 방빌이 사는 뷔시 거리로 접어든다. 주머니에는 두에나 콩폴랑에서 받은 방빌의 격려 편지가 들어 있다. 떨리는 손으로 뷔시 거리 10번지의 쪽문을 밀어서, 어둑하고 서늘한 안마당으로 들어선다. 도시의 소음이 깊은 안마당까지 밀려들지만 그 소리는 유령처럼 희미하다. 당신은 한동안 머뭇거린다. 그러다 고개를 들어서 '위대한 시인'이 살고 있는 아파트의 적막한 창문을 바라본다. 창문 위로는 6월의 하늘이 펼쳐져 있다. 6월이어서인지 파란색 권좌가 지붕을 밟고 서 있다. 6월과 함께 시적 유치함이 당신 머리 위로 떨어진다. 유치한 시가 당신의 머리 위에 앉아 있고, 당신은 그 밑에서 헐떡거린다. 6월에 대해 쓴 당신의 시는 딱할 정도로 민망하다. 6월의 고귀하고 반항적인 의미를 제대로 탐구하지 않았기 때문이다. 언어에 대해서도 마찬가지다. 위조된 규칙이고 얄팍하지만 절대 고갈되지 않는 패(牌)이며, 의미를 만들어 내는 언어에 대해서도 (아니, 언어는 의미를 만들지 않는다. 의미처럼 보이는 의미의 유희를 만들 뿐.) 당신의 시는 그 어떤 것과도 가깝지 않다. 진실에서 멀리 떨어져 있는 당신의 시는 당신을, 고통을 당하는 텅 빈 당신을 불순물이 전혀 섞이지 않은 순수한 기도로, 6월의 언어로 표현해 내지 못한다. 시에서는 과하면 승리할 수 없다. 6월도, 언어도, 당신조차도 과하면 승리하지 못한다. 그래서 당신은 도망친다. 벌써 오스테를리츠 역에 당도해 있다. 어려운 청을 해야 한다는 짐을 내려놓으면 저녁 기차는 너무도 아름답다.

당신이 방빌의 안마당에서 도망치지 않았을 수도 있다. 저 위쪽, 6월의 하늘로 참새 한 마리가 지나간다. 당신은 사람들이 완벽하다고 말하는 시들 중 하나를 혼자 읊조린다. 그 시가 완벽한 이유는 6월과, 고뇌 자체와, 언어 전체를 동시에 표현하기가 불가능하다는 데에 굴하지 않고, 불가능 속에서도 자리를 잡고 버티고 서서 나팔을 불기 때문이다. 보들레르의 시가 그렇다. 이것이든 저것이든, 참새든 보들레르든 누군가 당신에게 기만과 시적 유치함 역시 일종의 용기라고 속삭인다. 당신은 자신을 용서한다. 또 당신은 한 인간에 불과한 방빌이 최종적으로 6월이 아니라 언어를 선택하고 그것에 함몰

된 채 리라의 선율 자체가 된 것, 즉 더 이상 사람이 아닌 뭔가가 되었음을 용서한다. 우리는 사람을 무서워한다. 리라는 무섭지 않다. 당신은 젊은 다리로 온 힘을 다해 계단을 달려 올라가서 아파트의 벨을 누른다.

(두 사람이 집 안에 있는 모습이 보인다. 당신과 분을 바른 방빌은 커다란 작약이나 수국이 놓인 시인의 책상을 사이에 두고 앉아 있다. 당신은 그 노인한테, 아이에게 이식되어야 하는 천재성이라는 꽃가지를 받기 위해 왔다고 말하지 않는다. 이 꽃가지는 시가 가득 든 구유에서 배를 채우거나 거기에 침을 뱉을 수 있는 허가증이며, 팡테옹의 돔이든 건지섬이든 하라르*든 자유로이 선택해서 떠날 수 있는 백지 위임장이다. 방빌 역시 당신에게 꽃가지를 주리라고 말하지 않는다. 그런 것은 말없이, 다른 이야기를 하는 도중에 전달된다. 당신들이 나누는 다른 이야기가 들린다. 날카로운 방빌의 목소리는 시의 형식, 욕망보다 글의 구성, 마음보다 각운에 있는 진실, 문자 쾌락주의의 수많은 무의미한 말, '계몽주의'의 태도와 정신의 태도를 찬양할수록 더욱 날카로워진다. 커다란 작약 꽃다발

---

* 에티오피아 동부 하라리 주의 주도.

56

뒤, 몸이 반쯤 가려진 채 앉아 있는 당신의 얼굴은 작약꽃만큼 붉다. 당신은 이를 악물고 참으면서 의미와 언어에 의한 구원과, 방빌과 방빌류의 시인들 때문에 언어 안에 나타나고 싶지만 나타날 수 없는 신의 우화, 문자 이상주의의 수많은 무의미한 말, '붉은 조끼'의 태도, 마음의 태도를 곱씹는다. 아니면 반대로 방빌을 기쁘게 하고, 방빌이 열여덟 살 청년에게 기대하는 것을 만족시키기 위해 당신은 커다란 말 위에 올라탄 채 한바탕 연설을 한다. 당신은 마음의 태도를 무시한다. 당신의 오만함이 어찌나 하늘을 찌르던지 어깨에서 밀고 올라온 날개가 콩폴랑에서 입고 온 양복을 찢고 있음을 느낀다. 사람 좋은 방빌은 마치 날개를 본 듯 시늉하며 당신이 이십 대의 부아예나 보들레르를 떠올리게 한다고 말한다. 그는 작약 꽃다발 위로 보이지 않는 작은 가지를 당신에게 건넨다. 당신은 일어서지도 않고 앉은 채로 그 꽃가지를 받아서 주머니에 넣는다.

당신은 너무 침착하다. 또 얼마나 강한가! 당신의 미래는 창창하다. 당신은 아르튀르 랭보가 아니다.)

4

더 이상 그림자를
만들지 못하는 시인

더 이상 그림자를 만들지 못하는 시인이 소년 랭보에게서 편지 두 통을 받았다. 어리디어린 랭보는 이제 붉은 두건을 쓴 단테가 이탈리아 언어에 그림자를 만든 만큼, 그리고 월계관을 쓴 베르길리우스가 단테에게 그림자를 만든 만큼 우리에게 큰 그림자를 드리우게 되리라. 보통 문인들은 경박하고 걱정 많고 신앙심이 깊기 때문이다. 방빌은 랭보의 편지를 읽으면서 저 먼 곳, 아르덴에서 온 쥘리앵 소렐을 보았다. 방빌은 제대로 보았다. 편지는 타인을 포획하는, 방빌이라는 유일한 타인을 포획하는 작은 올가미이며 누구나 그런 물건을 주머니에 넣고 다니고 싶어 한다. 랭보는 뛰어난 새잡이이고, 시는 입 밖에 낼 수 없을 정도로 거대한 사냥감을 포획하는 더 큰 올가미다. 편지의 요지며, 편지를 보낸 진짜 이유이기도 한 동봉한 시에서 방빌은 분명 다른 것, 그러니까 라스티냐크나 소렐이 아닌 완전히 다른 것을 보았다. 아무리 방빌이 고루하고 따분한 사람이라고 해도, 아무리 그의 시선과 생각이 끊임없이 저쪽에 자리한 돔을 향하고 있다 해도, 그는 시구와 시구를 잘 연결할 줄 아는 시인이었다. 그리고 완전히 다른 얘기지만 두 시구를 꽉 잡고 있는 집게로 어떻게 사람들을 꽉 잡아 두는지도 알았다. 이것이 그가 평생 동안 한 일이다. 그런데 재능이 뛰어나고, 영악하고, 위고 숭배자이고, 각운을 철저하게 맞출 줄 아는 젊은 시인에게서 자신에게는 낯선 어두운 운율을 들었다. 노래가 되기도 하고 삐걱거리는 소리가 되기도 하는 운율을 조롱함으로써 6월, 언어, 시인 자신을 함께 연결하는 매우 유서 깊은 방식이었다. 이런 운율은 몇몇 시인에게선 음악이 된다. 음이 서너 가지밖에 안 되기에 빈약하지만 폭군처럼 반복되고 조합된다.

사람들은 이 같은 다양한 조합이 위대한 시인을 만든다고 말한다. 이런 악보, 노래, 횡포는 시인이 의도하는 바를 방해하고, 시인을 대신해서 처음부터 끝까지 모든 것을 결정한다. 그래서 어쩌면 우리는 아침에 쥘리앵 소렐로 눈을 떠서 정오에 단테의 두건처럼 불가피하게 무의미하고 하찮은 시를 쓰고 (그사이 그 하찮은 시는 「악의 꽃」이라는 제목으로 출간되고 파리를 정복하기 위한 최소한의 기준이 된다.) 오후 내내 그 하찮은 시가 우리를 왕으로 만들어 주기를 보람 없이 기다리다가 저녁에는 어쩌다 그렇게 되었는지 모르겠지만 브뤼셀의 싸구려 식당에서 '빌어먹을'이라는 괴상한 욕설을 지독하게 내뱉는 처지가 되고, 드디어 침대에 누워서는 여전히 쥘리앵 소렐이라 믿으며 잠을 청하게 된다. 하지만 생의 마지막 순간에도, 주검이 되어서도 자신이 「악의 꽃」을 썼다고 믿는다. 방빌은 위대한 시인이 되고자 했던 뒤틀린 야망 덩어리를 적어도 한 번은 실제로 대면한 적이 있다. 심지어 그는 보들레르에게서 뚱뚱한 마리 도브렁을 가로채기까지 했다. 게다가 마리 도브렁을 위해 몸소 장관에게 극빈자 보조금을 요청하기도 했다. 그는 위대한 시인을 알아볼 줄 알았다. 랭보의 시에서도 위대한 시인을 발견했다. 랭보의 숭배자인 우리는 그렇게 믿고 있지만 가끔 의심이 들 때도 있다. 그럴 때면 스스로 물어본다. 이 음악의 가치는 그다지 확실하지 않아. 우리가 너무 열심히 기도한 탓인지도 몰라. 신이 아니라, 샤를빌에 모인 뮤즈가 아니라, 천재성이 아니라 어쩌면 우리가 그를 그렇게 만들었을 수도 있어. 100년 동안 그를 숭배해 온 우리가 악보에 음계를 그려 넣었을 수도 있어……. 그런데 무슨 상관이란 말인가. 이미 통념이 된 것을. 한낱 소곡에 불과할 수도 있겠지만 이미 우리 안에서는 오르간으로 연주하는 「테 데움」 찬송가처럼 웅장하게 울리는데.

우리는 방빌이 이「테 데움」을 들었다고, 중학생 소년이 지은 시에서 희미하게나마 마녀가 골방에서 날뛰는 소리를 들었다고 절실히 믿고 싶다. 마녀와 대위는 골방에서 다시 결혼식을 올리고, 나팔 소리와 기도를 완벽히 결합시킨다. 우스꽝스럽고 사소한 가정사는 장엄 미사로 찬양된다. 명확한 언어로 표현되었지만 베일을 두른 탓에 알아보기는 힘들다. 우리들의 초라한 교리 문답인 가족사가 싫다면 그 시대의 교리 문답에서 빌려 온 진부한 이미

지는 어떤가? 방빌이 읽은 것, 어두운 운율에서 들은 것은 분노와 동정, 끝없는 울분과 용서의 난타전이었다. 운율은 서로 다르고 닿을 수 없고 화해할 수 없는 철천지원수를 양손에 각각 들고 있다가 마치 닭싸움을 시키듯 손을 풀어 놓아주고 흥분시킨 다음에 다시 붙잡아서 심벌즈인 양 쨍하고 부딪히며 마침표를 찍는다. 당신이 개인적인 신념을 가진 숭배자라면 다른 은유를 제안할 수도 있겠다. (당신은 은유를 생각이라 여길 텐데, 실제로 은유는 생각에서 나온다.) 심벌즈의 두 짝을 다른 이름으로 부르는 것이다. 반항과 순수한 사랑 또는 죽음과 구원 또는 끝없는 추락과 추락 중에 더 이상 신이라 불리지 않는 존재의 무한한 출연…… 신의 종말과 신을 복원하는 허세가 될 수도 있다. 당신이 신을 좋아하지 않는다면, 생명에 대한 자유로운 환희와 죽음의 노예가 되는 가장 서글픈 환희라고 해도 무방하리라. 뭐라고 여기든 결코 중요하지 않다. 중요한 점은 커다란 심벌즈를 양손에 잘 붙잡고 있다가 세게 부딪히며 랭보의 시에서 들을 수 있는 쨍하는 소리를 내는 것이다. 방빌은 랭보의 음악에 귀 기울였다. 방빌은 나쁜 사람이 아니다. 아주 오래전에 자신 안에서 울리던 운율을 잃어버렸지만 다른 사람에게서 울리는 소리는 들을 줄 알았다. 방빌은 펜을 들고 잠시 생각에 잠겼다가 답장을 준비한다. 비단 칼로트 모자를 쓰고 작약꽃이 놓인 시인의 책상에 앉아서 문진으로 사용하는 도리아식 골동품을 바라본다. 그러고는 베를렌이 방빌의 집에서 마셨다는 럼을 넣은 차를 스푼으로 저으며 생각에 젖어 든다. 피에로를 닮은 이 시인은 강점과 약점을 저울질하고 고민하며 답장을 썼다. 방빌은 아르덴에서 온 청년에게 친절히 밝은 미래를 점치며, 편지 안에 작은 꽃가지를 넣어서 우편으로 보냈다. 그 편지는 더 이상 남아 있지 않다.

　어쩌면 내가 방빌로 시간을 낭비하고 있는지도 모르겠다. 세상의 모든 시를 가슴에 담은 채 지난날 물랭에서 파리로 올라와서 잔재주로 성공과 권력을 얻고 이제 죽음 가까이에 있는 처량한 노인네에게 말이다. 방빌의 임무는 임시로 시인들의 우두머리가 되는 것에 불과했다.(위고는 건지섬에서 테이블 다리에 귀를 대고 셰익스피어가 다리로 테이블 다리를 치는 소리를 듣고 있었다.) 다시 말해 두에나 샤를빌에서 온 애송이들에게 작은 꽃가지를 건네주는 것이 그의 일이었다. 방빌은 아무것도 아니었다. 기껏해야 롬 거리를 걸어 내려오다가 고개를 들어 돔 위에 있는 비둘기들을 쳐다보는 어둑한 그림자에 지나지 않았다. 하지만 이 처량한 남자가 바토의 피에로와 꼭 닮았다는 사실이 내게 얼마나 소중한지 다시 한 번 말하지 않을 수 없다.

그러니까 랭보 독자들의 윤무를 시작한 이는 피에로였다. 그가 처음으로(당연히 파리에서 처음이라는 뜻이다. 이런 일에 샤를빌은 쳐주지 않는다.), 시인의 책상에 앉아 샤를빌의 하얀 티티새가 보낸 시를 읽고 응답했다는 사실이 내게는 매우 중요하다. 그는 어린 시인의 글에 첨삭을 하고, 또 최초로 그에게 직접 평을 했다. 그가 어린 시인의 시를 꼼꼼하게 읽고 어떻게 평했는지 우리는 모르지만, 이후 100년 동안 방빌의 그림자는 그 편지에 묶이고 만다. 운명의 장난으로 부당하고 단조로운 작업에서 벗어나지 못하는 서투른 이야기꾼처럼, 방빌은 책상에 앉아서 꼼짝하지 않고 랭보에게 답장만 쓰고 있다. 그렇게 쓰다가 멈추기를 끊임없이 반복했다. 열의도 떨어졌다. 그러나 요정은 방빌이 계속 답장을 써 주기를 원했다. 이 사악한 요정은 우리가 랭보라고 부르는 작품과 삶이 뒤섞인 작은 몸 안에 살고 있다가, 그에게 다가가는 사람들을 방빌이나 피에로로 변화시킨다. 지금까지 쓰인 랭보에 관한 모든 책은, 지금 내가 쓰고 있는 것과 앞으로 쓰일 것을 포함해서 모두 테오도르 드 방빌이 되었고, 되고 있으며, 앞으로 될 것이기 때문이다. 물론 모두 방빌이 된다고는 단언할 수 없지만 모조리 예외 없이 바토의 피에로가 된다. 몇몇은 우리가 방빌이라 부르는 남자의 손에 의해 쓰였지만 실상 수많은 방빌들의 성과이기도 하다. 그들은 거의 완벽하고 올바르며, 겁이 많은 한편 용감하고 거드름을 피우기도 하지만 진정성을 가진, 열정적이지만 약간은 고루한, 어린데도 늙은이 같은 시인들이다. 이들은 성향에 따라 더벅머리 시인과 단정하게 빗질한 시인으로 나뉜다. 더벅머리 시인은 분노와 죽음을, 단정하게 빗질한 시인은 구원과 자비를 손에 들고 있다. 하지만 심벌즈는 항상 한 짝밖에 없다. 설사 두 짝을 가졌더라도 동시에 두 짝을 가진 적은 없다. 젊었을 때 단정히 머리 빗은 시인이었다면 나이가 들어서는 뤽상부르 공원의 나무 아래서 하얗게 센 머리를 식히며 방빌처럼 팡테옹의 돔을 곁눈질하고 있으리라. 어쩌면 팡

태옹의 돔과 달리 눈에 보이지 않는 황금의 시간이 흐르는 천국, 하늘의 자기장 그리고 사드 후작과 로트레아몽, 대장군들, 더 이상 분노하지 않는 사람들이 편안히 누워 있는 생드니 수도원 같은 '계몽주의자들'의 비밀 묘지를 쳐다봤을 수도 있다. 그들은 뤽상부르 공원에서 여왕의 동상들*과 지나다니는 여자들 가까이에 앉으려고 의자를 잡아당긴다. 돌연 동작을 멈추고 분노가 다 어디로 갔는지 생각하다가 피식 웃고는 다시 발길을 옮긴다. 그들은 여전히 랭보를 좋아하고, 다 잃지는 않았다고 말한다. 앙드레 브르통은 나무 아래서 「헌신」**을 생각하며 여왕의 동상들 가까이에 자리 잡는다. 만약 12월이고 뤽상부르 공원이 너무 춥다면, 찬바람을 맞으며 생미셸 대로를 내려가서 다리를 건너 바람을 막아 주기로 유명한 노트르담 대성당으로 들어갈 것이다. 어둑한 12월, 캄캄

---

* 뤽상부르 공원에는 총 106개의 동상과 기념비가 있다. 크게 예술가, 성인, 여왕·여성 인사, 신화·알레고리로 그룹이 나뉘는데 여왕의 동상 그룹은 프랑스 왕비 및 역사적 인물 등으로 구성되어 있고 뤽상부르 궁전 앞으로 20개가 세워져 있다. 예술가 그룹에는 이 책에 등장하는 방빌, 플로베르, 보들레르, 바토, 생트뵈브, 베를렌의 동상이 있다.
**『일뤼미나시옹(Les Illuminations)』에 수록된 시.

한 궁륭 아래의 기둥 뒤에서 갑자기 거대한 불기둥이 활활 타오른다. 이 불은 육십 년 동안 비상식적이고 터무니없지만 경이로운 한 작품을 밝혀 왔다. 대장군들이 작품 속을 휘젓고 다닌다. 이들은 신에게 직접 말을 걸었고, 신은 그들을 토마스 대구 지느러미(Thomas Pollock Nageoire), 잠자는 쿠퐁텐 자작(Monsieur de Coûfontaine et Dormant)* 같은 우스꽝스러운 이름으로 불렀다. 그런데 그들이 감히 랭보의 글에 서문을 쓰려고 시도한다. 거대한 날개가 떨어져 나가고 그들은 종달새가 된다. 그들은 분노의 페달 대신 자비의 페달을 밟으며 축일 달력에 나오는 성인들을 인용하기 시작한다. 그렇게 다시 방빌이 된다. 브르통과 클로델조차 방빌이 되어서 비단 칼로트 모자를 쓰고 시인의 책상에 앉아 랭보에게 답장을 쓴다.

랭보에 관한 책은 결국 한 가지뿐이다. 모두 같은 책이고 서로 대체할 수 있다. 물론 중세 시대의 '필리오

---

* 각각 폴 클로델의 희곡 『교환(L'Echange)』(1894)과 「쿠퐁텐 삼부작」(1911~1919)에 등장하는 인물이다.

케 논쟁'*처럼 불필요하게 부딪히기도 하지만 이 책들은 전부 피에로의 손에서 나왔다. 방빌보다 피에로에 관한 자료가 더 많다. 한 세기의 작업이 그 점을 증명해 준다. 피에로는 랭보 자신조차 몰랐던 랭보의 삶에 대해 잘 알고 있다. 틀린 말이 아니다. 이렇게 말하는 데는 이유가 있다. 피에로의 생각은 방빌보다 더 현대적이다. 얼굴에 하얗게 분을 발랐지만 현대적이다. 그 역시 공원 같은 곳에 서 있다. 바토가 그를 거기에 세워 놨기 때문이다. 그냥 뤽상부르 공원에서 있다고 치자. 방빌처럼, 말라르메처럼, 나무 아래서 멋진 흰머리를 휘날리며 서 있는 브르통처럼, 집에서 나온 뒤 생미셸 대로를 뛰어 내려가서 바람을 막아 주는 노트르담 대성당에 틀어박힌 젊은 클로델처럼. 피에로 역시 뤽상부르 공원 한쪽, 여왕의 동상 아래에 서 있다. 등 뒤로 사람들의 웃음소리와 장난치는 소리가 들리고(그는 들을 수 없다.) 우산소나무와 여자들

* 필리오케(Filioque). '그리고 성자로부터'라는 뜻이다. 589년 사도 신경을 라틴어로 번역하면서 그리스어 신약 성경에는 없는 「필리오케」가 추가되었다. 크게 중요하지 않는 해석 문제로 로마 교회와 비잔티움 교회가 오랫동안 다투다가 마침내 1054년 동서 교회는 완전히 갈라섰다.

과 아름다운 오후의 풍경이 펼쳐지고 있다.(그는 즐길 수 없다.) 거기 서서 피에로는 다른 이의 시와 인생이 허공으로 지나가는 광경을 본다. 그는 시와 인생을 아르튀르 랭보라고 부르고, 랭보라는 인물을 창조한다. 스스로는 요정이 아니지만 랭보는 요정이다. 피에로는 빛을 발하는 요정을 바라본다. 계시였다. 상황에 따라서는 육체의 부활, 어쩌면 황금 시간의 부활에 대한 약속이었다. 혜성을 바라본다. 죽음과 구원, 저항과 사랑, 비루한 몸뚱이와 편지가 서로 붙잡고 껴안고 춤추고, 떨어졌다가 또다시 되풀이하고 결국 지쳐서 주저앉는다. 한낮, 컴컴한 방에서 그는 끊임없이 물레를 돌리고 끊임없이 춤을 추고 끊임없이 추락한다. 첫날처럼 어안이 벙벙해서 팔을 늘어뜨린 채 괴물 같은 다리로 얼어붙은 듯 서 있다. 웃음이 나온다면 웃어도 좋다. 그러나 피에로들 중에 그에게 돌을 던지는 자가 있다면, 용감하기는 하지만 가장 어리석은 자이리라.

피에로들은 "대단한 행인"*을 봤다. 그들은 그가

---

* 1872년 말라르메는 '비열한 신사들' 모임에서 랭보를 몇 차례 본 적이 있다. 그는 랭보를 "대단한 행인"이라고 불렀다.

지나가는 모습을 봤다고 믿는다. 그가 분명 지나갔다고, 말을 만들어 낸다. 그가 지나가면 그 자리엔 커다란 고랑이 생기고 밭은 둘로 갈라진다. 한쪽 밭에는 한물간, 제법 준수하지만 시대에 뒤처진 작품들이 버려져 있다. 그리고 다른 쪽 밭은 토질이 좋음에도 불구하고 현대성 때문에 황폐해져서 아무것도 자라지 못한다. 하지만 현대적이다. 그가 지나간다. 피에로들은 시인의 책상에 앉아 침묵 속에서 우리에게 끔찍한 농부, 하얀 티티새에 관한 얘기를 들려준다. 그들은 혜성을 보고 그 모양을 수첩에 적는다. 다리가 열두 개다. 다리가 없을 때도 있고, 천 개일 때도 있다. 수첩에 적는다. 이제는 위치와 형식과 열쇠를 찾으면 된다. 숫자로 이루어져 있을 수도 있다. 그러므로 숫자를 조합해 본다. 거의 다 끝났다. 곧 '알게 될 것'이다. 갑자기 등 뒤에서 날카로운 웃음소리가 들려온다, 우산소나무 아래서 비단옷이 삭삭거리고, 깊은 침묵 속에서 여자의 목소리가 멀찍이 그들을 부른다. 그들은 수첩에서 고개를 들고 혜성이 진짜 지나갔는지, 숫자를 헤아리는 방법이 맞는지, 시가 '개인적으로' 존재하는지 아니면 아를르캥*이 분가루를 뿌려서 자신들의 눈을 멀게 하지는 않았는지 고개를 갸우뚱한다. 아! 랭보는 자신에게 접근하는 사람들을 속이고, 분가루를 뿌리는 재주를 가지고 있다! 나도 감기에 걸렸고 팔을 내렸다. 옷을 털자 분가루가 떨어졌다. 그런데 나는 가끔 상상한다. 다른 피에로들도 분명 나처럼 상상했을 것이다. 바토가 우리 뒤에 놓아둔 우산소나무에 저녁 바람이 스쳐 지나갈 때, 감기가 다 나을 때, 고개 숙여 우리 몸을 보았는데 더 이상 분가루는 보이지 않고 빛에 둘러싸여 있음을 깨닫게 됐을 때, 바로 그 순간 우리는 우리 앞에 키 큰 남자아이가 서 있는 모습을 상상하게 된다. 역시 아이는 크고 두꺼운 노동자의 손, 말라르메가 언급한 '세탁부'의 손을 가졌다. 아이는 자신이 뒤집어쓰고 있는 분가루를 털어 내기 위해 운율을 맞추고, 포기하고, 거부하고, 도형수의 노역을 감내하면서 죽도록 노력했다. 아이는 자

★ 피에로와 아를르캥 모두 코메디아 델라르테에 등장하는 어릿광대. 피에로는 흰옷을 입고 슬픈 표정을 지으며 광대의 비애를 표현하는 반면 아를르캥은 화려한 바둑판무늬 옷을 입고 사람들에게 못된 장난을 치며 재밌어하는 인물이다.

신이 자유로운 영혼이고, 이 세상의 존재가 아니며 샤를
빌 출신이 아니고 비참한 비탈리 퀴프를 엄마로 두지 않
은 척하기 위해 현대의 도형수가 되어 우리를 집어삼켰
다. 나는 우리 앞에 지친 채 서 있는 소년을 상상해 본다.
소년은 너무 헐렁한 신발을 신고 커다란 손을 늘어뜨린
채 우리를 쳐다보고 있다. 우리와 키가 비슷한 소년은 우
리 앞에 두 다리로 서 있다. 소년은 멀리서 왔다. 그곳에
서는 이제 우리가 작품이라고 부르는 것을 그 아이가 썼
다는 사실을 알지 못한다. 더 이상 분노하지 않는 아이는
늘어뜨려진 우리 손에 자신에 대한 비평이 들려 있음을
보고 놀란다. 감히 헤아릴 수 없을 정도로 많고 쓸데없는
것들이다. 소년은 자신의 이름이 수천 번 넘게 언급되고
있음을 봤다. 그리고 '천재'라는 말을, 그리고 '천사장'이
라는 옛말을, 그리고 '지극히 현대적인'이라는 말을, 그
리고 알아볼 수 없는 숫자들을 읽고서 또다시 자신의 이
름을 본다. 그리고 눈을 들어서 우리를 쳐다본다. 우리
는 서로를 마주 본다. 놀라고 지쳐서 꼼짝 않고 서 있다.
우리 뒤에 선 우산소나무가 숨을 죽이고 있는지 바람 한
점 없다. 그가 말한다. 우리가 말한다. 우리는 그에게 질

문하고 그가 질문에 답한다. 다 됐다. 어디서 불어왔는지 모를 바람이 우산소나무 가지를 흔든다. 랭보는 다시 춤을 추며 뛰어가고 우리는 펜을 손에 쥔 채 혼자 남는다.

불가타 성서*에 주석을 달 것이다.

---

* Vulgata. 라틴어 성서. 비유적인 의미로 대부분의 사람들이 받아들이는 일반화된 이념이나 사상을 의미하기도 한다. 이 책에서는 잘 알려진 그리고 정설로 굳어진 랭보에 관한 정보를 담고 있는 책을 의미한다.

5

불가타 성서를
다시 집어 들었다

불가타 성서를 다시 집어 들었다.

　사람들이 말하기를, 아르튀르 랭보는 마녀와 결사적으로 싸우다가 골방 문이 완전히 닫혀 있지 않음을 확인하고, 마녀를 아르덴 들판에 내팽개쳐 둔 채 탈출했다고 한다. 와르크, 봉크, 와렌쿠르, 퓌스망주, 르퇴, 아름답지만 대포 소리같이, 입속에 손수건을 물고 있는 듯* 답답한 시골 마을을 한걸음에 지나갔다. 랭보는 이 시골 마을

---

* 1871년 8월 28일 폴 드므니에게 보낸 '견자의 편지'에서 랭보는 "더러운 손수건을 입속에 물고 있다."라고 갑갑한 자신의 처지를 표현했다.

들과 손수건과 대포 소리에 굶주려 있었다. 가는 길에 놓아둔 시들이 그 점을 말해 준다. 그는 대단한 야심가였고 길을 가면서 운율을 지닌 조약돌과 괴물과 엄지 동자 이야기로 허기를 달랬다. 사람들이 말하기를, 랭보는 여름이 끝날 무렵 벨기에의 샤를루아까지 갔다고 한다. 꿈꿔 왔던 기나긴 가출이었다. 틀림없이 오디나무가 있는 작은 길, 숲속에 있는 방앗간, 귀리밭 끝에 불쑥 솟아 있는 공장을 지났을 것이다. 우리는 랭보가 정확히 어디를 거쳐서 지나갔는지 전혀 모른다. 젊은 시인이 오늘날 샤를루아보다 더 유명해진 4행시*를 쓰는 데 필요한 시적 감흥을 얻은 곳이 어디인지, 큰곰자리 아래 앉아서 헐렁한 신발 끈을 잡아당겼던 곳이 어디인지 알 수 없다. 하지만 돌아오는 길에 두에에 있는 이장바르의 이모들 집에 들렀다는 사실은 잘 알려져 있다. 널찍한 정원 깊숙한 곳에 세워진 운명의 세 여신상과 바느질하는 여자들과 이 잡는 여자들과 여름의 끝자락 널찍한 정원에서 보낸 며칠

---

* 「나의 보헤미안」. 1870년 랭보가 두에에 머물렀을 때 폴 드므니에게 그동안(아마도 1870년 3월에서 10월 사이) 쓴 시 22편을 보냈다. 이 시들은 훗날 '두에 노트', '두에 시집', '드므니 시집'으로 불린다.

은 그의 생애에서 가장 행복한 나날이었다. 그리고 유일하게 행복한 나날이었다. 사람들이 또 말하기를, 그 정원에서 랭보는 모든 아이들이 아는 시를 지었다고 한다. 그시에서 랭보는 휘파람으로 강아지를 부르듯 자신의 별들을 불러 쓰다듬고는 큰곰자리 곁에서 잠을 청했다. 그해 늦여름은 운율로 충만했다. 대부분 12음절이었다. 두 팔로 북두칠성 속의 12음절 봉을 부여잡고, 두 다리는 초록 여인숙의 식탁 밑으로 뻗은 채 햄을 내놓는 예쁜 아가씨, 식사를 하는 정자, 그 위로 떠오르는 북극성, 이 모든 것들을 봉에 끼워 넣었다. 완벽하게 행복한 순간, 9월의 꽃으로 충만한 언덕 위로, 신 또는 죽은 여자아이를 닮은 진실이 매우 단순한 형태로 나타나던 순간이었다. 사람들이 말하기를, 파리로 향한 두 번의 가출은 별과 상관없고, 이같은 정원이나 진실과도 거리가 멀었다고 한다. 그리고 파리에서 그를 기다리던 사람은 아무도 없었다.

파리에서 랭보가 코뮌 편에서 싸웠는지는 다소 논란의 여지가 있다. 명백한 적이며 악의 화신인, 다시 말해 베르사유*에 있는 아돌프 티에르 대통령이 군모를 씌우고 샤스포 소총을 들려 보낸,마치 자신 같은 무지렁이

촌놈들에게 소총을 겨누며 그가 기쁨을 느꼈는지, 아니면 두려움을 느꼈는지, 서로 완전히 다른 두 짝의 심벌즈가 그의 마음속에서 쨍하고 울렸는지, 아니면 바리케이드 위에서 작은 북을 뚱땅거렸는지, 그러고는 바리케이드 아래서 비참하고 음탕하고 멍청한 얼간이들과 함께 수프를 먹고 카포랄 담배를 피웠는지는 알 수 없다. 랭보가 그렇게 했다고 믿고 싶지만 그럴 수는 없었으리라. 이런 이야기는 위고의 『레 미제라블』 속에나 있지 아르튀르 랭보의 삶에는 없기 때문이다. 파리 코뮌에 어떤 식으로 참여했는지는 아무래도 불확실하지만 어쨌든 랭보는 가슴에 훈장을 달고 샤를빌로 돌아왔다. 사람들이 말하기를, 랭보는 5월 15일 샤를빌에서 「이삭 줍는 여자들」을 지은 두에 출신의 시인 폴 드므니에게 편지를 썼다고 한다. 다행히 드므니 역시 사진을 찍었고 우리는 그 사진을 가지고 있다. 우리가 그의 사진을 가지고 있는 연유는 그의 시 「이삭 줍는 여자들」과 완전히 무관하다. 랭

★ 프로이센 군대의 파리 입성과 파리 코뮌의 발발로 프랑스 제3공화국 정부는 1871년 3월, 베르사유로 자리를 옮긴다. 베르사유는 1879년 1월까지 프랑스의 임시 수도 역할을 했다.

보의 도판집 54쪽, 이장바르와 방빌의 사진 위에 수염이 덥수룩한 드므니의 사진이 있다. 알이 작은 안경, 바람에 흩날린 머리, 당당한 옆모습. 두 눈은 노골적으로 후세의 영광이 자리해 있는 푸른 선 너머를 응시하고 있다. 우리는 랭보가 이 유명한 시인에게 서신을 보냈음을 알고 있다. 드므니는 단지 열 장인가 스무 장인가 되는, '견자의 편지'로 알려진 서신을 한 번 받았다는 이유로 손쉽게 유명해졌다. '견자의 편지'는 이상주의자, 의지주의자, 선동가, 마법사이기도 한 시인의 해묵은 변명이다. 일종의 충격 요법이고 스스로를 위한 연막이었다. 편지는 민주적 오르피즘이라는 새 옷을 입고 있었는데, 민주적 오르피즘이라 말하는 까닭은 두에나 다른 곳에 있는 시인들의 마음에 들고자 부러 쓴 편지이기 때문이다. 물론 그렇기만 했다고는 말할 수 없다. 청년은 자신이 쓴 편지를 정말, 진심으로 믿으려고 애썼으니까. 그 편지가 충격 효과를 노린 결과물인지, 아니면 천재성이 발현인지 모르겠지만 우리는 편지를 읽고 곱씹고, 드므니가 시인의 책상에 앉아서 그랬듯이 답장을 쓴다. 랭보의 편지에 명확히 적혀 있는 "시적 언어를 찾고", "견자가 되어야" 하기 때문이다. 그런데 이것은 이십 년 전부터, 아니 이백 년 전부터 이미 감지되고 있었다. 붉은 조끼인 위고와 또 다른 붉은 조끼, 그러니까 「에르나니」 논쟁 당시, 겉옷 속에 진짜 붉은 조끼를 입고 있었던 고티에가 이미 말한 바 있다. 길고 검은 조끼를 입은 보들레르도 말했었다. 네르발과 말라르메도 마찬가지다. 그러나 랭보가 그 편지에서 더 설득력 있고 열렬하고 전투적으로 말했다. 그러므로 우리가 시인의 책상에 앉아서 랭보가 최초로 그 말을 했음에 암묵적으로 동의하는 것은 결코 잘못된 일이 아니다. 우리에게 견자의 편지는 새롭고, 또 영원히 새로울 것이다. 그러나 랭보에게는 그 편지를 우체통에 넣는 순간, 어쩌면 편지에 서명한 순간 벌써, 시적으로 고루한 발언이 되었으리라. 나는 진심으로 그렇게 믿고 있다. 랭보가 아무리 마음을 다해서 자신의 발상을 믿고자 노력했더라도 말이다. 사람들이 말하기를, 랭보는 젊은 베를렌에게도 비슷한 편지를 보냈다고 한다. 자유분방하고 매혹적이고 근사한 그 편지는 지금 남아 있지 않지만, 베를렌이 미끼를 덥석 물었음은 확실하다. 1871년 9월, 이번에도 랭보는 늦여름 무렵 파리행 기차에 몸을 실었다. 세 번째 가출이었다. 이때 파리 동부역에서 샤를 크로와 베를렌은 "고귀한 영혼"*을 기다리고 있었다. 랭보는 아주 짧은 바지를 입었다. 바지 아래로 파란색 면 양말이 보인다. 마녀가 아들을 위해 짠 양말이었을 텐데, 그 양말을 짤 때 과연 어떤 마음이었을까? 아마도 아들을 사랑하는 마음이었으리라. 그 짧은 바지의 주머니 속에는 숙제를 완벽하게 마무리해 낸 「취한 배」가 들어 있었다. 고답파 시인들의 마음에 들기 위해, 고답파 시인들 사이에서 최고가 되기 위해 시작부터 끝까지 정확하게 다듬은 시다.

중산모를 쓴 베를렌은 동부역 플랫폼에서 랭보의 이야기 속에 처음 등장한다. 베를렌 자신의 이야기는 어떠한 흔들림도 없이 바로 몽스 감옥, 압생트 술통과 서투른 비극 연기, 누추한 침대와 성인전으로 내닫는다. 그러고는 마침내 성인력에 나오는 수녀와 창녀 들이, 키 작은 레티누아와 함께 그의 누추한 침대맡을 지켰다고 한다.

---

* 랭보가 보낸 편지에 베를렌은 "고귀한 영혼이여, 어서 오시라…… 우리는 당신을 원하고 기다리고 있으니."라고 답장하며 파리에 올 것을 권했다.

아니, 레티누아는 키 큰 처녀처럼 날씬했다.* 그들은 자신들의 처지가 비참함에도 자기들보다 못한, 밑바닥까지 추락한 베를렌을 보살폈다. 베를렌 역시 이장바르처럼 버림받고 굴러떨어진 채 누워 있었다.

물론 베를렌에게 랭보는 필요하지 않았다. 혼자 추락할 수 있을 만큼 성인이었고, 그럴 의향도 있었다. 하지만 랭보는 좋은 구실이었다. 한 운명을 비틀거리게 하는 돌부리 같은 것 말이다. 베를렌은 세상 그 무엇보다도 비틀거리기를 좋아했다.

그러나 지금은 중산모를 쓰고, 좋은 침대에서 아름다운 여자와 잠을 자고 있다. 걸을 때마다 비틀거리지만 오직 자기만이 알 뿐이고, 아직 젊어서 티 나지 않았다. 어쨌든 베를렌이 중산모를 썼든 쓰지 않았든, 비틀거렸

---

* 베를렌은 1875년 1월 출소 후 런던을 거쳐 1877년 가을부터 노트르담 예수회 중학교에서 문학과 역사를 가르쳤다. 이때 당시 17세였던 학생 뤼시앵 레티누아를 만난다. 이듬해 교사 계약이 끝나자 두 사람은 함께 영국으로 떠나고, 1883년 레티누아가 갑자기 사망할 때까지 같이 지낸다. 베를렌의 시집 『사랑』(1888)에 레티누아와 관련한 25편의 시가 수록되어 있다. 그 시에서 레티누아는 "키 큰 아가씨처럼 날씬하고, 바늘처럼 빛나고 활기차고 단단하고……"라고 묘사되어 있다.

든 비틀거리지 않았든 그와 랭보가 서로의 마음에 들었음은 사실인 모양이다. 두 사람은 서로에게 아무것도 숨기지 않았다. 서로에게 고백했듯, 최고가 되겠다는 바람 말고 다른 생각은 없었다. 두 사람은 서로의 글을 좋아하고, 서로를 견자라고 믿었다. 어쨌든 견자라고 믿는 양 행동했다. 왜냐하면 가장 순수한 시는 난해하고, 말로 표현하기 힘들고, 신비로운 투시력을 통해 탄생한다고 여기는 것이 당시 유행이었기 때문이다. 순수한 시는 마치 행성계처럼 12음절에서 나무가 자라나고, 우주가 생성되는 아름다운 체계를 가졌다. 우주가 한 번 더 생성되는 것이다. 그 두 번째 우주를 보고 두 사람은 상대가 혹시 열쇠를 가지고 있지는 않은지, 생각한다. 열쇠라는 것이 실제 존재하는지 모르겠지만, 자신과 같은 취향을 가진 동료가 그 열쇠를 가지고 있음을 확인하고 두 사람은 행복해했다. 그런데 우리는 혈기 왕성한 두 시인이 동부역에서 상봉한 지 단 며칠 만에 다른 방식으로 서로를 좋아하기 시작했음을 알고 있다. 덧창이 닫힌 어둑한 방에서 두 사람은 나체로 서로를 마주했다. 투시력에서 나온 리듬과 운율을 뛰어넘어, 그리고 세상의 모든 시를 뛰어넘어 두 사람은 연결되었다. 덧창이 닫힌 방 안에서 두 나체는 발을 구르고 과거의 부레 춤*을 추며 서로의 '보랏빛 패랭이꽃'을 찾았다. 그러고는 패랭이꽃에 자신을 묶어 맸다. 12음절 봉이 아닌 돛대에 매달린 두 사람은 전율을 느끼고, 그 순간 이 세상에서, 이 어둑한 방에서, 9월의 닫힌 덧창으로부터 사라지는 경험을 한다. 육신이 우주로 퍼져 나갔다. 그러나 다른 모든 것은 돛대에 매달려 있었다. 눈은 생기를 잃고 언어 역시 사라졌다. 두 사람은 이렇게 처음으로 부레 춤을 추었다. 하지만 어디서 어떻게 추었는지 우리는 모른다. 보이지 않는 장소에서 일어났던 돛대의 커다란 움직임은 두 사람에게 충격을 주었고, 문학계에 「에르나니」 논쟁만큼이나 격렬한 반향을 불러일으켰다. 문인들은 경박하기 때문이다. 그것이 태풍이었든, 산들바람이었든 어쨌든 바람은 아르튀르 랭보의 글을 스쳐 지나갔고, 그의 글을 아름답게 해 주었다. 아르덴에서 온 청년은 부레 춤과 패랭이꽃을 오래전부터 갈망했다. 어쩌면 지난여름 샤를루아 근처에서

---

* La Bourrée. 남녀가 함께하는 경쾌한 프랑스 전통 춤. 오베르뉴 지방의 전통 춤이었지만 16세기부터 프랑스 궁중에서도 추기 시작했다.

패랭이꽃을 찾아보았을 테지만 끝내 발견하지 못한 채, 욕망을 달래고 또 불러일으키고자 가는 길 곳곳에 조약돌을 심어 놓았을지도 모른다. 작은 돌들 역시 매력적이기는 하지만 위대한 작품이 되기에는 충분하지 않다. 위대한 작품은 괴물이어야 한다. 만약 12음절 봉이 어여쁜 아가씨와 초록 여인숙과 속삭이는 별빛 아래서의 방랑 말고도 음란하고 우스꽝스러운 '보랏빛 패랭이꽃'의 무게를 견뎌 내지 못한다면 그 봉은 엉터리 합금 제품처럼 휘고 말 것이다. 방빌의 손에서처럼 말이다.

사람들은 두 사람의 영혼을 사로잡은 사랑이 좋게 끝나지 못했다고 말한다. 영혼이 사랑에 사로잡히면 그 끝은 대개 좋지 못한 법이다. 두 사람은 모든 가능성을 실험하고 연인, 동지, 시인 등 여러 역할을 탐구했다. 그들은 베를렌의 진짜 부인을 불안하게 했고, 압생트를 마시며 못된 짓을 했다. 광대들이었다. 두 사람은 시의 운명이라는 제1현*을 사납게 눌렀다. 보들레르가 너무 세

---

* Chanterelle. 모든 현악기에서 최고음을 내는 줄을 말한다. 샹트렐, E선이라고도 한다.

게 누른 나머지 저 유명한 '빌어먹을'*에 걸려서 소리 내지 못했던 바로 그 현이다. 우리는 베를렌과 랭보 중 랭보가 더 거세게 눌렀다고 생각한다. 두 사람의 관계를 받아들일 수 없었던 베를렌의 아내 역시 유구한 이브의 현을 가지고 있었다. 그래서 어린 신부는, 새벽 4시에 신혼집 계단을 네발로 기어 다니며 구토를 쏟아 내던 남편을 쫓아내고, 전통적인 방식으로 남편을 벌했다. 신혼의 낙원에서 쫓겨난 두 시인은 크로와 방빌의 아파트, 쥐티스트**의 아지트인 데제트랑제 호텔에서 술로 세월을 보내다가 동쪽으로 향했다고 한다. 그들은 다른 곳으로 가서 더 밝고 활기차게 발을 구르며 부레 춤을 추었다. 그 춤에는 사랑의 시도 포함되어 있다. 브뤼셀에서, 그리고 나중에는 런던에서 사랑보다 완전무결한 감

---

* Crénom. 보들레르가 뇌졸중으로 실어증을 앓은 뒤 내뱉을 수 있었던 유일한 말이다.
** Les Zutistes. 쥐트(Zut)는 '이런', '빌어먹을' 정도로 해석할 수 있는 욕설이다. 1871년 가을 샤를 크로를 비롯한 몇 사람은 '비열한 신사들' 모임이 너무 부르주아적이라고 비판하며 탈퇴한 뒤 데제트랑제 호텔에서 따로 모이기 시작했는데, 그때 쥐티스트 모임이 결성되었다. 특별한 강령이나 선언이 없는 비공식적 모임으로, 동인지 《앨범 쥐티크》가 한 권 남아 있다.

정의 폭발을 경험하기 위해 두 사람은 '녹색 요정' 압생트, 진한 황금빛 위스키 그리고 거품 많은 흑맥주에 무자비하게 의지했다. 선술집 한쪽 구석에서 손가락이 새빨개질 정도로 제1현을 세게 누르며 서로 마주한 채, 더는 아무 소리도 나지 않을 만큼 거세게 눌렀다. 물론 열심히 일할 때도 있었다. 한 책상에 앉아서 얌전하게 작업했다. 음울한 연쇄 살인마의 도시, 시커먼 런던은 바알신*의 입이며 뒷간이었다. 그 속에 스모그에 둘러싸인 자본이 보란 듯이 웅크리고 있었다. 누가 총을 들고 있는지, 누가 총구 끝에 서 있는지, 어느 개머리판을 물어뜯어야 하는지, 정확히 누구의 피를 봐야 하는지 아는, 그야말로 무자비한 자본의 시대였다. 나는 두 시인이 바빌론을 닮은 런던에서 시인의 책상에 앉아 한 사람은 「말 없는 연가」를, 또 한 사람은 훗날 제목을 바꾼 「텅 빈 노래」**를 썼다고 믿고 싶다. 두 작품은 모두 우아하고 경쾌하다. 바알신의 입속에서 썼음에도 바알신이나 흑맥주의 거품과

* Baal. 가나안 지방의 대표적인 신으로 본래 농경과 풍요의 신이지만 구약 성서에는 우상으로 규정되어 있고, 탐욕과 타락을 상징한다.
** 훗날 산문시집 『일뤼미나시옹』이 된다.

는 아주 거리가 먼 시들이다. 자신들을 위해, 그리고 죽은 자들을 위해 제1현을 정확하게 누른 결과다. 두 사람은 잠시 전쟁을 멈추고, 시인의 책상에서 서로 농담을 주고받고 서로를 욕망하고 서로를 용서했다. 그들은 공기처럼 가벼운 그 시를, 마치 왕을 알현하는 생시르 여자 학교의 학생들처럼 한 사람은 서서, 한 사람은 앉아서 읽었다. 자리에 앉아 있던 사람은 우아하고 화려하고 강인한 수사의 여신들이 지나가는 소리를 들었다. 두 사람 중 누구도 장차 그같은 관객과, 그 같은 무대를 절대 갖지 못하리라는 사실을 알지 못했다. 시는 하늘로 날아올랐지만 두 사람은 땅에 남았다. (그렇게 해서 두 사람은 적어도 시의 비상과 육체의 추락을 상징할 수 있게 되었다. 정신적으로는 아무도 모르게 항상 붉은 조끼를 입고 있었기 때문이다.) 그렇게 남은 두 시인은 우플랑드 망토*를 걸치고 당당하게 바알신의 입이자 뒷간인 선술집 안으로 들어가서 한쪽 구석에 자리 잡고 스타우트 흑맥주의 진창에 빠졌다. 숭배자들은 바빌론의 한가운데에 있는 두 사람을 쉬이 구별할 수 있다. 한 사

* 14세기 후반부터 15세기 사이에 유럽에서 유행한 긴소매의 외출복.

람은 견자이며 개혁가이고, 한 사람은 지는 달에 매달린 불쌍한 건달이었다. 태양의 아들이 앞서 걸으면 달의 아들은 비틀거리며 따라갔다. 숭배자들은 투시력을 가지고 있을 테지만 내 눈에는 아무것도 보이지 않는다. 스모그가 자욱한 바빌론에서는 오직 실루엣만으로 두 사람을 구분하기가 힘들다. 수염 난 사람이 누구인지, 흉한 얼굴을 가진 사람이 누구인지 알 수 없다. 또 밤이 너무 깊어서 누가 어리석은 처녀이고, 누가 지옥 같은 남편*인지 판단할 수 없다. 검정 조끼를 입은 두 사람은 똑같이 난폭했다. 똑같이 생긴 두 연쇄 살인범은 선술집 안으로 조용히 들어갔다가 새벽 4시가 되면 술집 앞에 고꾸라졌다. 마부는 고주망태가 된 두 사람을 붙잡고 일으켜 세운 뒤 온 힘을 다해서 마차 안으로 밀어 넣는다. 우플랑드 망토도 둘둘 말아서 던져 넣는다. 마부석에 앉은 마부가 바벨어로 말들에게 뭐라고 명령하자 마차가 출발한다. 마부도 그들과 같은 외투를 입고 있다. 채찍 소리가 자욱한 안개를 뚫고 퍼져 나가고, 마차 안에서 는 누군

---

*『지옥에서 보낸 한철』의 네 번째 시「착란 1」에 나오는 인물.

가 '제기랄!'이라고 욕을 내뱉었다. 아마 랭보이리라. 두 사람은 다시 유럽으로 가기 위해 기차역으로 향했다. 우리는 두 사람이 청어 때문에 싸웠고, 그 일로 바빌론을 떠났음을 알고 있다. 브뤼셀에서 또다시 재앙이 찾아왔다. 두 사람은 정신이 나가고 얼이 빠지고 두려움에 덜덜 떨었다. 두 사람 중 중산모를 쓴 이는, 집에서 떨어질 날이 없는 '녹색 요정'을 벌써 열 잔, 아니 스무 잔이나 마시고 아침 8시부터 만취해서 비틀거리다가 오후 3시에 생튀베르 상점가로 가서 벌벌 떨며 브라우닝 권총 한 자루를 샀다. 사실 브라우닝은 아니고, 상표를 알 수 없는 6연발 7밀리미터 구경의 권총이었다. 그는 그것으로 공포에 휩싸인 대천사의 날개에 상처를 내고, 이제 몽스 감옥에 누워 있다. 대천사는 자신의 밧모섬,* 아르덴 지방의 로슈에 유배당했다. 베를렌은 골방에서, 이장바르 옆에 조용히 누워 있다. 두 시인의 부레 춤은 그렇게 끝났다.

---

* Patmos. 에게해에 있는 작은 섬. 로마 제국 시대에 종교 및 정치범을 귀양 보내던 유배지다. 사도 요한이 이곳으로 유배 가서 「요한 계시록」을 썼다.

사람들은 두 사람이 해와 달처럼 완벽하게 상극이라서 서로를 죽이려 했다고 말한다. 한 사람은 찬란하고 격정적이고 정력적이고 일곱 리를 가는 장화를 가졌지만, 다른 한 사람은 우유부단하고 변덕을 부리다가 나뭇가지 사이에서 잠을 청한 뒤 도망치듯 사라졌다고. 한 사람은 '현대적인 시'를 추구하고, 다른 한 사람은 시대에 뒤떨어진, 그러니까 감정과 각운을 결합한 매우 낡았지만 효율적인 시작법에 만족했다고. 그런데 이상하게도 우리는 말레르브, 비용, 보들레르가 이러한 시작법을 애용했음은 용서하면서도 베를렌만큼은 용서하지 않는다. 우유부단하고 달처럼 변덕스러운 베를렌이 혼신을 다하지 않았기 때문이다. 그는 온전히 런던에 머물지 못한 채 자신의 일부를 파리에 남겨 놓았다. 파리에 있는 어린 신부는 편지를 보냄으로써 영리하게 이브의 현을 눌렀다. 두 인물들의 성격이 부자연스러울 만큼 상극이므로, 우리는 시인의 책상에 앉아서 그들의 성격을 얼마간 손질한다.

　　또 사람들은 청어와 6연발 권총을 "모든 감각의 일

탈"*이라 설명한다. 두 사람은 모든 감각을 일탈시키는 데 지나치게 열중한 나머지 건강을 잃었다. 그들이 그토록 열중한 까닭은 남모르게 붉은 조끼를 입고 있었기 때문이다. 하지만 견자는 되지 못한 채, 완전히 취한 상태로 견자가 되는 길을 좇았을 뿐이다. 스타우트 흑맥주 잔에서 6연발 권총의 아가리가 꽃처럼 피어나던 날, 혈기 왕성한 두 젊은이가 열 달 동안 술독에 절어 산 끝에 마침내 광기로 경련했노라고 우리는 생각한다. 나는 스스로 천재임을 잘 아는 랭보가 베를렌과 그의 시를 무시했고, 그가 천재가 아닌 데에 불만을 가졌으리라는 고루한 주장에 설득력이 없다고 생각한다. 베를렌은 천재였다. 회복할 수 없을 만큼 피폐해졌더라도 그는 현대적인 시인이었고, 우리보다 덜 독단적이었다. 이미 말한 바 있지만, 두 시인의 제1현은 너무 자주 부딪혀서 닳을 수밖에 없었다고 나는 생각한다. 두 사람이 연주한 그 작은 현

---

* 랭보는 1871년 5월 13일 이장바르에게 보낸 편지에 "견자가 되는 것은 모든 감각의 일탈을 통해 미지의 땅에 도달하는 것"이라고 적었고, 이틀 뒤 5월 15일 폴 드므니에게 보낸 편지에는 "시인은 오랫동안 엄청나게, 하지만 이성적으로 모든 감각을 일탈시킴으로써 견자가 된다."라고 썼다.

은 신비롭고 견줄 데 없을 정도로 거대한 시적 운명이었다. 보들레르가 두 사람에게 각각 연주 방법을 알려 주었지만 소리는 쉬이 나지 않았다. 두 사람은 그 현을 끝까지 눌렀다. 하지만 스스로 확신을 가지고 자신을 위해 연주해야 한다. 당신 옆에서 연주하는 사람이 절절맨다면 오래도록 같이 연주할 수 없다. 그런 단순한 이유로, 캠든 타운에 머물던 두 사람이 동시에 '시 자체'가 되기란 불가능했다. 살아 있는 두 사람이 공유할 수 있는 성질의 것이 아니었다. 두 개의 줄 중에서 하나는 끊어져야 했다.

랭보는 줄을 더 세게 눌렀다.

랭보의 연주가 더 강렬했다. 그는 베를렌보다 시 자체가 되기를 더욱 강렬히 열망했다. 그 말인즉 다른 사람들을 모조리 배제해야 한다는 뜻이다. 이 조건 아래에서만 내면의 우물 속에 자리한 노모가 진정되기를 기대할 수 있다. 그래야만 노모가 잠시라도 휴식을 취하고, 검은 손가락을 포기하고, 주먹을 쥐지 않고, 수작을 꾸미지 않고, 항상 도사리고 있는 욕망을 어루만질 수 있다. 우물 속에 있는 노모는 스스로 위로받고 편히 잠자기 위해, 아들이 최고여야 하고 유일무이해야 하고 스승이 없어야 한다고 여겼다. 확신하건대 랭보 역시 어떠한 스승도 혐오하고 거부했을 터다. 스스로 스승이 되고 싶거나 자신을 스승이라고 믿어서가 아니라, 자기 스승이며 마녀의 스승인 대위가 차르처럼 멀리 있고, 신처럼 상상하기 어렵고, 그들처럼 크렘린 궁전과 구름 뒤에 감금되어 있기 때문이었다. 그의 스승은 처음부터 머나먼 병영에서 들려오는 나팔 소리처럼 유령 같은 인물이었다. 그는 범접할 수 없고, 과오가 없고, 말을 하지 않고, 시성 청원자처럼 완벽한 존재이지만 그의 왕국은 이 세상에 없다. 그런데 이 세상에서 그의 환영을 본 것이다. 아니, 환영도 아니고 희미한 흔적, 비슷한 모양새, 그림자, 대리인, 흑맥주를 벌컥벌컥 들이켜고 아름다운 시를 쓰는 타락한 화신을 봤다. 이것 때문에 랭보는 정신을 잃고 절망하고 분노했다. 이가 들끓는 나사렛에 꼭 나타나겠노라고 자신들을 꾸짖던 십계명 석판 속의 불가해한 신을 이해하지 못했던 바리새인들처럼, 랭보 역시 이유를 알 수 없었다. 베를렌은 수염에 묻은 흑맥주를 닦고 미소 지으며 사랑하는 소년을 바라보았다. 하지만 소년은 분노로 치를 떨었고 땅바닥에 침을 뱉은 뒤 몸을 돌려서 문을 닫고 나가 버렸다. 눈에 보이는 스승을 거부하기란 랭보에겐 청춘의 반항이었다. 하지만 새로운 사건은 아니다. 오래된 사과나무에 똬리를 튼 늙은 뱀처럼, 그리고 우리가 말하는 언어처럼 유구한 것이다. '나'라고 말하는 언어는 가시적인 존재들의 머리 위로 지나가며 오로지 신과 소통하려고 했다. 그러나 불행하게도 베를렌은 최상의 존재였고, 그 수염과 농담 탓에 매우 눈에 잘 띄었다. 스물일곱 살의 베를렌은 고답파 시인이었고, 고답파 시인들 사이에서도 인정받고 있었다. 그는 붉은 조끼를 입은 위고와도 알고 지냈고, 위고가 보낸 편지를 늘 지니고 다녔으며 열여덟 살의 아이보다 훨씬 오래전부터 화려한 문장을 구사했다. 베를렌은 스스로 원하지 않았겠지만 연장자로 보였고, 비록 왕관을 비뚤게 쓰고 있었지만 제왕 같았고, 거의 스승 같았다. 그래서 랭보는 완벽해지기 위해 베를렌을 버리고 필연적으로 불완전한 시를 깨뜨려야 했다. 그럼에도 랭보가 불완전한 이유는 시를 다른 데 썼기 때문이다. 다시 말해, 리듬이 없는 산문의 현을 가장 세게 눌렀고, 바이올린을 가지지 않은 사람들이 사는,

그야말로 아무것도 없는 아프리카의 뿔*로 너무 오랫동안 고생하러 갔기 때문이다. 그곳에는 사막, 갈증, 운명이라는 스승이 있었다. 눈에 보이지 않고 스핑크스처럼 모래를 뒤집어쓰고 있지만 제왕이고 대장군들이다. 이들은 모래 언덕에서 바람에 실려 온 말로 감히 형언할 수 없는 전장의 소란을 속삭였다. 바람에 실려 온 나팔 소리의 유령이었다. 그래서 랭보는 사막으로 향하는 길에 베를렌을 버렸다. 하지만 베를렌은 이장바르가 아니었다. 그는 이 모든 것을 직시했다. 전쟁의 사악한 노파가 고루한 세당이나 파리뿐 아니라 언어의 핵심에서 춤을 추고 있음을 알아챘고 그 점을 알았으면서도, 아니 어쩌면 알았기 때문에 생튀베르 상점가로 달려가서 6연발 권총을 샀으리라. 언어 자체인 랭보를 무너뜨리고 스승이 되고자, 어린아이의 파란 눈동자로 자신을 당당하게 응시하며 천연덕스럽게 인상을 찌푸린 언어를 향해 두 발의 총탄을 발사했다. 그러나 방아쇠를 당기는 순간, 이미 언어를 무너뜨릴 수 없음을 깨달았다. 총알은 언어를 죽이지

---

* 아프리카의 소말리아반도 지역을 가리킨다.

못한 채 튕겨 나갔고 우리에게 다시 돌아왔다. 이렇듯 총알이 튕기는 바람에 그는 묵주를 손에 쥔 채 누워 있게 되었다.

당신들은 더 이상 내 말을 듣지 않고, 불가타 성서를 뒤적이고 있다. 당신들이 옳다. 그 책 속에 모든 것이 들어 있다. 열정과 인간, 경쾌한 시와 만취, 고귀한 저항과 고약한 냄새가 나는 청어, 심지어 베를렌의 손에 들린 '가시철사 묵주'*까지 있다. 모든 것의 출발점인 부레 춤, 그러니까 9월의 덧창을 닫고 그들이 추었던 춤도 빠짐없이 기록되어 있다. 그러나 불가타 성서는 그 부분을 살짝 암시하고 지나갈 뿐, 차라리 침묵했다고 얘기하더라도 무방할 정도다.

불가타 성서는 나무랄 데 없다. 그보다 더 잘 쓸 수 없고, 실수도 논쟁의 여지도 없다. 하지만 부레 춤 부분

---

* 베를렌은 브뤼셀 사건(1873년 7월 10일)으로 몽스 감옥에 수감되어 있던 중 기독교에 귀의한다. 1875년 출감 후, 슈투트가르트에 있는 랭보를 방문해서 신에 의지하기를 권하기도 했다. 랭보는 어릴 적 친구 에른스트 들라에에게 "베를렌의 손에 묵주가 들려 있었다."라고 편지에 적었다. 두 시인의 마지막 만남이 된 슈투트가르트에서 랭보는 베를렌에게 『일뤼미나시옹』원고를 맡겼고, 베를렌은 1886년에 출간한다.

만큼은, 랭보가 오직 남자들에게만 관심을 가졌는지, 아니면 마음이 동하기만 한다면 동성이든 이성이든 상관하지 않았는지, 그가 최종적으로 품고자 했던 것이 대위의 그림자였는지, 아니면 비탈리 퀴프의 가련한 육신이었는지 토론할 필요가 있다. 그 부분에 관해 우리는 아는 바가 없다. 그리고 런던에서 생을 마치고자 했던 베를렌은 매혹적이고 허황된 궤변, 즉 12음절 시를 쓰기 위해 죽었다가 살아나기를 반복했으리라. 그렇게 엉거주춤 춤을 추면서 심장처럼 세차게 파닥거렸을 것이다. 그러므로 시를 위해서라면 이러한 논쟁은 무의미하다.

불가타 성서에는 결함이 없다. 특히 불행한 연인들, 그리고 6연발 권총이 등장하는 런던과 브뤼셀 시절은 완벽하다. 그런데 어떻게 열일곱 살의 랭보가 단지 몇 달 만에 런던에서 미완성작인 『세기의 전설』, 완성작인 『악의 꽃』 그리고 무자비한 자본주의 시대의 가장 끔찍한 돼지우리라 할 수 있는 9층의 반역 지옥, 즉 자본의 손아귀에서 고통받아야만 써낼 수 있는 작품인 『신곡』을 일필휘지로 집필할 만큼 시적으로 성숙할 수 있었는지, 그에 관한 설명은 없다. 우리 역시 모른다. 하지만 바알신,

정사, 캠든 타운에 있는 시인의 책상에 대해서는 알고 있다. 따뜻하고 감동적인 순간도 있었다. 두 사람은 한창 청춘이었고 어린 강아지처럼 서툴렀으며 또 어린 강아지의 이빨처럼 순수했다. 한 사람은 머리카락이 한 움큼씩 빠졌고 다른 한 사람은 '1830년 사건'의 주인공들보다 머리를 더 길게 길렀다. 두 젊은이는 망치를 든 바알신의 위협에도 언제나 희망을 잃지 않고 농담을 즐겼다. 아주 나중에 일어난, 수많은 자기 파멸의 순간에도 그랬다. 행복한 순간은 시를 읽기 힘들게 한다. 누구도 읽을 수 없다. 시가 숫자로 이루어져 있다고 믿는 사람들이라면 더 많이 읽을 수 있을까? 우리는 몽상적인 탕아들이다. 우리는 시를 읽지 않는다. 나 또한 다른 사람들보다 더 많이 읽지 않는다. 우리는 우리의 비단 칼로트 모자를 쓰고 각자의 방식대로 시를 쓴다. 옛날에 우리가 고대 트로이와 그리스라는 아름다운 바탕천 위에 그림을 그렸듯, 우리가 쓴 시 속엔 랭보의 시가 숨어 있다. 대리인처럼 비밀스럽고 조심스럽게 숨어 있다. 우리의 시가 우리에게 가닿을 만큼 큰 자리를 차지하고 있으므로 이따금 랭보의 작은 시집에 그의 시가 실재함을 깨닫고 놀라는 일마저 있다. 우리는 랭보의 시를 잊고 있었다. 그래서 우리는, 정원 풀밭에 책을 놓아두면 행렬에서 벗어난 개미 한 마리가 비스듬히 종이 위를 지나가는 것처럼, 급하게 두서없이 불안에 떨면서 다시 훑어보는 것이다.

우리는 정원에서 랭보가 1872년에 지은 시들을 읽는다. 그 시들을 상상해 본다. 그리고 그 시들이 세상에 처음 나온 순간을 생각한다. 세탁부가 민요처럼, 사랑스러운 아가씨처럼 가벼운 노래를 한 손으로 번쩍 들어 올려서 세상에 내놓았다. 늙은 12음절 시는 죽어야 한다고 노래를 부르지만 좀처럼 마음을 정하지 못하고 서로 다른 두 개의 6음절 시로 살아가고 있다. 랭보의 마음 역시 두 갈래로 찢긴 듯 보인다. 아마도 이제 시로 구원받을 수 없음을, 하느님 아버지가 군수 역할을 하고 잘 차려입은 젊은 어머니가 낙원의 화분 뒤에 앉아서 자랑스럽게 바라보는 우등상 수여식은 더 이상 없으리라는 사실을 알기 때문일 터다. 이 모든 것이 부서지는 소리가 들렸다. 마음이, 시가 부서졌다. 먼 곳에서 전투 소식이 들려온다. 시골에서 보낸 어린 시절과 12음절 시가 함께 패배했다. 12음절 시는 작은 나팔과 더불어 죽기를 선택했다. 둘은 전투가 벌어지는 저녁 언덕 위에 있다. 낡은 깃발은 너무나 자주 전투에 나섰고 이번엔 누더기가 되었다. 두 다리를 잃은 늙은 장군이 휘청거린다. 그래도 그의 심장은 뛰고 있다. 북소리가 멀어지고 장군은 나무를 붙잡으며 쓰러진다. 자신이 치렀던 전투와 생시르와 건지섬을 생각한다. 그리고 이제 죽을 때가 되었다는 사실도. 그래서 어린 시절의 여름날 이른 아침의 나무 아래로 불어오던 미풍이 느껴지고, 어쩌면 기도문을 속삭이던 소리마저 들리는지도 모르겠다. 기도는 적절했다. 늙은 장군과 함께 아르튀르 랭보의 어린 시절 역시 죽었기 때문이다. 랭보는 자그마한 보병 군모를 쓰고 가슴이 터지도록 나팔을 불었다. 나팔 소리는 정확한 음을 내며 울렸다. 나팔 소리는 죽음을 앞둔 남자의 기억처럼 모든 것을 하나로 만든다. 전투가 있던 저녁과 새벽, 작은 개미와 불멸, 깊은 우물과 별이 모두 하나가 된다. 나팔 소리는 '계절'과 '성'*을 단숨에 결합시켰고, 신이 매일 그러듯이 시간과 공간을 하나로 만들었다. 6월은 무신경하

---

* 『일뤼미나시옹』에 수록된 시 「오 계절이여, 오 성(城)이여」를 가리킨다.

게, 명확한 외관 위로 떠올랐다가 어느새 12월이 되었다. 날이 어두워졌다. 혜성이 지나간다. 우리는 팔을 내리고 읽기를 멈춘다. 개암나무 가지 사이로 바람이 분다. 마치 바람이 알려 주기라도 한 듯 우리는 12음절 시의 종말이 인기 많은 불가타 성서, 즉 두 젊은 '천재'가 서로 사랑하고 서로 증오하는 아주 단순한 이야기보다 더 중요하지도, 더 진실하지도 않음을 문득 깨닫는다. 또 다른 불가타, 알렉상드랭은 우리가 비단 칼로트 모자를 쓰고 동료들을 위해 고심하고 구상한 투시력보다 절대 어리석지 않다. 완전히 현대적인 불가타 성서다.

　개암나무 밑에서 우리는 또다시 망설인다. 우리는 더는 모른다. 편지를 포기하고 책을 덮고 시인의 몸으로 다시 돌아온다. 우리는 시인의 몸에 대해 잘 모른다. 세탁부의 손 같은 그의 손도 어떻게 생겼는지 모른다. 그런데 그 손은 특별한 비법도 없이, 투시력도 없이, 숫자도 계산하지 않고 매우 단순하게 '계절'과 '성'을 한 줄에 놓았다. 오랫동안 참고 기다린 것이 아니라 순간적으로 번뜩인 것이다. 손은 확신에 차서 선을 긋는다. 필요한 곳에 멈춰서 여백을 만들고 다시 선을 긋는다. 그리고 자신

있게 마친다. 그 손을 움직이는 것이 하느님인지 바알신인지 알 수 없지만 바알신은 아니기를 기도할 뿐이다. 그 순간 개암나무 그늘 아래서 베를렌이 목격한 그 손을 보는 일이 우리에게 허락된다면, 나뭇가지 옆에 자리한 흉한 얼굴과 삐뚤어진 넥타이와 헝클어진 머리카락을 보는 일이 우리에게 허락된다면, 그 입에서 '제기랄!'이라는 욕지거리가 나온다면, 아니 걸인 행색으로 인상을 쓴 채 제왕처럼 당당하게 우리에게 시를 하나 건네며 '읽어요.'라고 말해 준다면 그리고 그가 보는 앞에서 우리가 그 시를 읽는다면 우리는 이 땅에서 허락된 모든 것을 알게 되리라. 우리는 조용한 정원에서, 책 위의 글줄로부터 빠져나와서 항상 자기 갈 길을 가는 개미가 아는 만큼만 알고 있다.

6

파리 동부역으로
다시 가 보자

파리 동부역으로 다시 가 보자. 거기서 시작된 랭보의 짧은 파리 체류는 총 3막으로 구성되어 있다. 즉각적으로 얻은 대단한 시인이라는 명성, 명성의 공허함에 대한 날카로운 자각 그리고 명성의 추락.

우리는 9월의 파리에 베를렌만 있지 않았음을 알고 있다. 파리에 도착하자마자 베를렌은 단골 카페와 자신의 아지트로 랭보를 데리고 다녔다. 저녁이 되면 시인들은 이곳 대리석 테이블에 앉아서 쿠바산 시가와 파이프 담배를 피우고 맥주를 마시며 신문을 읽었다. 수염이 덥수룩하고 거만한 시인들은 파르스름한 가스등 불빛 아래서 태연한 척 헛된 농담을 던지며 맥주잔과 신문 너머로 샤를빌에서 온 당신을 주시했다. 랭보는 카페 마드리드, 카페 라모르, 바투르 선술집, 델타…… 수많은 '압생트 아카데미'의 부속 기관 한쪽 구석에서 맥주와 담배 연기와 신문의 장막에 둘러싸인 채 어떤 것이 글로리아* 잔인지 어떤 것이 압생트 잔인지 배우기도 전에, 모든 시인들의 얼굴에 착 달라붙어 있는 궁극의 장막을 더 먼저 알아차렸다. 그것은 수염, 신문, 흑맥주의 장막 안에서 인상을 쓰고 있는 더욱 불투명한 장막이었다. 시인이라는 자들은 파리 카페에 앉아서 인상을 쓰는 매우 복잡한 사내들이었다.

이 아들들은 인상을 쓴 채 모두 아버지를 기다리고 있었다. 아버지가 나타나서 인상 쓰고 있는 얼굴을 인정

---

* 럼과 설탕을 넣은 커피.

해 주고, 자신을 무리에서 끌어올려 주기를, 아버지 오른쪽에 있는 투명한 왕좌에 앉혀 주기를 바랐다. 이들은 세상에서 벗어나고 싶어 했다. 세상 속에 살지 않으면서 아무도 모르게 세상을 지배하고 싶었던 것이다. 하지만 수도원은 문을 닫았고, 귀족은 이제 빛 좋은 개살구고, 군대는 화려한 깃털이 달린 군모를 쓴 아들들, 나폴레옹 군대의 총사령관들과 함께 스몰렌스크 근처 베레지나강의 얼음장처럼 차가운 물속으로 가라앉았다. 아들들은 스스로 고아이고 망명객이었음을 알리기 위해, 그러니까 남보다 잘났음을 보여 주기 위해 대위가 되지 않고, 남작이 되지 않고, 수도사가 되지 않고 시인이 되었다. 시인이 되는 것은 1830년 이래로 관례였기 때문이다. 그러나 1830년 이래로 노래는 낡은 것이 되었다. 어쩌면 지나치게 목청껏 노래를 불렀기 때문인지도 모른다. 너무나 많은 아들들이 저 위에서 하사하는 상을 받고자 우등상 수여식에 지원서를 냈다. 그런데 여기 아래에는 우등상의 자격을 보증해 줄 만한 사람이 더 이상 없었다. 보들레르는 죽었고 위고는 테이블 다리를 붙잡은 채 셰익스피어하고만 대화했고, 또 생시르 학교에는 이미 오래전부터 최종 결정을 내려 줄 왕이 없었다. 우등상의 선정 원칙은 사라졌다. 랭보가 강력하게 요구했던, 그보다 강도는 덜 할지라도 의심의 여지 없이 모든 아들들이 요구했던 축성식의 권한을 가진 사람은 이제 아무도 없다. 모든 라스티냐크들은 어둡고 대수롭지 않은 소네트를 끼적이고 기행을 일삼고 흑맥주를 마시고 신문을 읽으면서 안절부절못했다. 선택받을 것을 확신하며 또는 선택받지 못할 것을 확신하며 기다렸다. 물론 모두가 손에 꽃가지를 들고 있었다. 그런데 모두가 꽃가지를 가지고 있다면 거기에 무슨 가치가 있겠는가.

그들은 기다리는 동안 사진을 찍었다. 그들 모두 미래를 향해 주먹을 휘두르는 14행의 모호한 소네트를 뛰어넘어, 맨머리를 하고 조끼에 한 손을 찔러 넣은 채 포즈를 취하는 망명객의 시를 뛰어넘어 검은 천 속에서 후세가 달려오고 있음을 느꼈기 때문이다. 그들은 스튜디오의 둥근 의자에 앉아 후세를 마주하고 몸을 떨었다. 나다르와 카르자*를 마주한 위고는 검은 상자를 보며 숨

---

* 펠릭스 나다르(1820~1910)와 에티엔 카르자(1828~1906)를 가리킨다. 둘 다 사진가로 활동했다.

을 참았다. 사람 좋은 말라르메도 사진가 앞에서 숨을 참았다. 디에르스, 블레몽, 크레셀, 코페 역시 나다르와 카르자 앞에서 전율했다. 랭보는 어땠을까…….

10월 어느 날의 늦은 오후. 아직 해가 완전히 저물지 않은 화창하고 평범한 10월 일요일 오후의 몽마르트르. 시골이나 다름없는 몽마르트르의 언덕길에는 아무도 없다. 나무밖에 보이지 않는다. 밤나무와 플라타너스는 눈부시지만 파란 하늘 아래 노랗게 바래서 떨어진 나뭇잎이 마음을 아프게 한다. 나무는 햇빛을 받고 서 있고 발밑에는 노란 낙엽이 구르고 있다. 하늘에 닿을 듯 한없이 올라가는 언덕길에 갑자기 네댓 명의 사내들이 나타났다. 영락없이 아들들이다. 보이지 않는 망토를 둘렀지만 수도승도 아니고 대위도 아니고 아들들, 그러니까 우리가 말했던 시인들이다. 베를렌과 랭보가 보이고, 다른 사람은 포랭과 발라드 아니면 크로와 리쇼프라 불리는 리슈팽일 텐데, 아무라도 상관없다. 검은 옷과 모자. 그 말끔한 차림새가 햇빛을 받자 검은 광채로 부서진다. 그날 그들은 잘 차려입었다. 랭보도 검은 옷을 빌려 입었는데, 아마 체격이 비슷한 리슈팽의 옷이리라. 넥타이가 약간 삐뚤어졌지만 새하얀 손수건, 광낸 구두, 오페라 모자, 갖출 것은 다 갖췄다. 시 자체인 시인이 쓰고 있는 커다란 원통형 오페라 모자마저 시처럼 보일 정도다. 비탄에 잠긴 세 번째 세대의 아들들이 갖춰야 할 외양을 제대로 갖춘 것이다. 그러나 갈색 나뭇잎과 아주 잘 어울릴 법한 '중국에서 온 주홍색 새틴'은 보이지 않는다. 아무도 붉은 조끼를 입지 않았다. 사실 붉은 조끼는 「에르나니」 초연 때 딱 한 번, 세 시간 동안 입었을 뿐이다. 역사가 오페라글라스로 그 붉은 조끼를 포착한 시간이다. 이제는 붉은 조끼를 입지 않는다. 마침 같은 시각에, 아름다운 붉은 조끼를 입었던 고티에는 부종 탓에 부은 몸을 좀체 펴지 못하고 누워 있다. 붉고 흰 털모자를 쓰고, 부은 두 눈으로 당신을 바라보지만 알아보지 못한다. 귓가에서는 「에르나니」 초연 때보다 더 요란한 소리가 들린다. 그는 10월 23일, 그러니까 내일 아니면 모레 죽게 될 터다. 그리고 바로 옆에 자리한, 몽마르트르 묘지에 붓기가 다 빠지지 않은 채 매장되리라. 나는 아들들이 저마다 같은 옷을 입고 묘지에 갔으리라고 믿고 싶다. 그들은 고티에가 혐오스럽다며 큰 소리로 웃을 테고, 와인을 한

두 잔 걸친 뒤에는 감정에 북받쳐서 「에르나니」 소동의
메아리를 듣게 될 것이다. 어쩌면 랭보는 고티에의 시집
『나전 칠보』를 자신에게 건넨 이장바르를 떠올릴지도 모
른다. 그들은 햇빛을 받으며 노트르담 드 로레트 거리를
걷고 있다. 또 파이프 담배를 피우며 숙취를 달래고 있
다. 나뭇잎들도 그들을 위로해 주었다. 랭보가 따분하다
고 말한다. 기분이 좋지 않은 모양이다. 10번지 앞에 멈
춰 섰다. 문을 열고 들어서며 모자를 벗은 뒤 농담을 한
다. 안뜰이 나온다. 그 안뜰 깊숙한 곳에 있는 유리창에
10월의 햇빛이 반사된다. 모두 그 안으로 들어간다. 바로
여기다!

카르자의 집이다.

카르자 역시 아들이다. 하지만 이들보다 나이는 조
금 더 많다. 확실히 아들이라 할 수 없지만 아들은 아들
이다. 카르자가 별 볼 일 없는 집안에서 태어났음은 이
미 여러 책에 언급되어 있고 우리도 알고 있다. 엄마는
파리에 위치한 아파트의 관리인이었고, 비단 가공업자들
이 사는 아파트의 작은 안뜰 깊숙한 곳에 마련된 관리인
숙소에서 살았다. 좁고 길쭉한 안뜰 배수구엔 염료가 가

득했고, 아마도 고약한 냄새를 풍겼으리라. 그리고 안뜰에서 올려다보는 하늘은 우물 속에서 보듯이 아주 비좁고 높았을 것이다. 그런데 카르자가 엄마를 맞이하기 위해 자기 내면에 그 안뜰만 한 우물을 만들었는지는 확실하지 않다. 그의 작품을 소개하는 소책자의 서문은 그 문제를 다룰 만큼 심오하지 않다. 그는 중요한 아들이 아니기 때문이다. 그는 성인전에 나오지 않는다. 다만 다른 사람들, 즉 보들레르나 쿠르베, 도미에, 위고의 성인전 속에서 바람처럼 스치듯 지나갈 따름이다. 그가 그들을 숭배했기 때문이고(하지만 그들은 그의 숭배에 응답하지 않았다.), 그들과의 우정 덕분이었다.(몇몇은 그의 우정에 응답했다.) 또 그가 은할로겐 감광제의 도움을 받아서 그들을 검은 상자 안에 잡아 둔 덕분이기도 하다. 그것은 카르자의 귀족 인증서가 되었다. 사람들은 카르자가 세상으로부터 버림받은 도미에의 관을 따라간 유일한 예술가라고 말한다. 나다르도 그 관을 따라갔다. 나다르는 카르자의 친구이며, 선배이며, 경쟁자이며, 최고의 사진가였다. 나다르 덕분에 카르자가 유명한 것은 아니다. 그가 유명한 까닭은, 그 셔터 차단 막을 잠깐 열어서 빛을 빠르게 비춘 뒤 소금물로 그 빛을 붙잡음으로써 18센티미터×12.50센티미터 크기의 타원형 인물 사진을 탄생시켰기 때문이다. 그가 촬영한 이 사진은 하얀 늑대만큼, 성녀 베로니카의 베일만큼 유명해졌다. 타원형 인물 사진 아래에 간혹 카르자의 이름이 적힐 때도 있지만, 다른 사람의 이름 밑이나 괄호 속에 적히는 경우가 대부분이고, 글자 크기도 훨씬 작다. 그는 랭보의 사진이 하얀 늑대가 되는 광경을 보지 못했다. 1906년에 죽었기 때문이다. 그렇다고 살아생전 동안 랭보의 사진 덕분에 유명해지기를 원한 것도 아니다. 그러나 카르자는 아들이고 예술가였다. 그의 존재도 아들과 예술가였고, 외모 역시 아들과 예술가였다. 그리고 사람들이 그 점을 알아주기를 바랐다. 그것이 규칙이었기 때문이다. 하지만 실패했다. 아들의 자질인 쾌락주의나 절망감 때문인지, 아니면 아들의 자질이 아닌 상식과 신중함 때문인지 카르자에게는 자신의 작업을 우주로 여기는 오만함이 없었다. 그는 오직 한 가지, 한 가지 '예술'에 열정적으로 집착해야 한다는 사실을 제때에 알아차리지 못했다. 예술가는 오직한 가지 '예술'에 매달려서 살아 있는 어머니와 태어나지 않은 자식 등 모든 것들을 한 자루에 던져 넣은 뒤 다 같이 무자비하게 가둬 둔 채 작업하고 오랫동안 제자리만 맴도는 일 또한 견뎌 내야 영원한 아들로 변신하게 된다. 작품이 바로 괴물이기 때문이다. 카르자는 온몸을 불사르기를, 온몸이 불살라지는 것을 두려워했다. 그뿐만 아니라 아내와 딸을 위한 자리를 마련하고자 자신의 예술을 한쪽으로 약간 밀쳐 놓았다. 또 거대한 바위 같은 자신의 광기를 두려워하기도 했다. 그래서 그 바위를 작은 돌덩이로 부순 뒤 여러 예술을 추구했다. 그는 사진가였지만 동시에 화가였고 연극인이었다. 하지만 그는 사람들이 자기 겉모습 뒤에 숨어 있는 시인을 봐 주기를 가장 소망했다. 카르자는 스스로를 시인이라 생각했고, 실제로 진정한 시인이었다. 1848년 스무 살이 되었을 때 비슷한 시기의 보들레르가 그랬듯이 그 역시 집착, 믿음, 열망을 경험했고, 또 보들레르처럼 곧 큰 소동이 일어나리라는 사실을 직감했다. 그는 보들레르처럼 반항 정신을 요술봉처럼 휘둘러서 아버지를 제거하고, 또 보들레르처럼 붉은 조끼를 다시 담금질해서 길고 검은 조끼 속에 조심스레 숨겨 놓은 뒤, 1850년 이후에 역시 보들레르처럼 아버지 없는 시를 썼다. 그러나 친구인 보들레르와 달리, 그는 제때에 제1현을 누르는 데에 실패했다. 젊을 때, "깃발이 무아지경으로 펄럭"*일 때, 현이 손 닿는 곳에 있을 때 다른 모든 일을 제쳐 두고 그 현을 눌러야 했다. 그래서 그는 검은 조끼를 질끈 조여 매고 서구 사회의 만트라인 욕설까지 넣어서 운율을 맞춘 12음절 시를 짓는 대신에, 다시 말해 시인이 되는 일을 뒤로하고 한낱 예술가가 된 것이다. 이렇게 예술가가 된 남자는 조끼를 바꿔 입었고, 제법 여유가 생겼으므로 자유로이 자신의 아버지를 나다르로 삼을지 위고로 삼을지, 쿠르베로 삼을지 강베타로 삼을지를 고민했다. 그는 시를 썼고 사진을 찍었다. 그는 졸개였다.

카르자는 햇살 가득한 안뜰에 말라르메 같은 모자를 쓴, 머리가 덥수룩한 다섯 남자들이 서 있는 모습을 봤다.

그는 아들들을 기다리고 있었고 반갑게 맞이했다. 카르자는 랭보처럼 키가 크고 체격이 건장한 사람이다.

---

* 『일뤼미나시옹』에 실린 시 「요정」의 구절. "우리는 하늘에 태풍이 지나가고 깃발이 무아지경으로 펄럭이는 광경을 봤다."

(우리는 불현듯이 삼 개월 뒤 추운 겨울 어느 날, '비열한 신사들'* 모임에서 두 사람이 1830년식의 고루한 방식으로 드잡이했을 때의 분위기가 심상치 않았으리라는 점을 상상하게 된다. 그날 랭보는 그 전설적인 지팡이 칼로 카르자에게 상해를 입혔다.) 랭보는 같이 온 사람들에게 떠밀려서 카르자와 악수했다. 카르자는 오늘 처음 본, 아름다운 시를 쓰는 청년의 인물 사진을 찍어야 한다는 사실을 익히 들어서 알고 있었다. 장래가 촉망되는 이 천재 시인의 성격이 까다롭다는 이야기 역시 들었다. 그래서 그를 보자마자 친절하게 맞이했다. 사진을 잘 찍으려면 무엇보다 모델을

---

* Vilains Bonshommes. 고답파 시인들과 극작가들이 주축을 이룬 예술가 그룹. 1869년부터 1872년까지 한 달에 한 번씩 파리 시내에서 저녁 식사 모임을 가지며 예술을 논하고 우정을 다졌다. 베를렌, 레옹 발라드, 알베르 메라, 샤를 크로, 에밀 블레몽, 에르네스트 데르비유, 장 에카르 등의 문학인들이 초창기 멤버였고, 이후에 화가 앙리 팡탱라투르와 미셸 외드 들레, 사진가 에티엔 카르자, 캐리커처리스트 앙드레 질, 펠릭스 레가메 그리고 시인 방빌, 말라르메, 프랑수아 코페 등이 합류했다. 이 모임이 유명한 이유는 랭보 덕분이다. 랭보는 베를렌의 초청으로 '비열한 신사들' 모임에 두 차례 참가했는데, 1871년 9월 30일 모임에서는 「취한 배」를 낭송했고 1872년 3월 2일에는 카르자와 싸워서 더 이상 초대받지 못했다. 화가 팡탱라투르의 「식탁 모서리(Le coin de table)」(1872)는 바로 랭보가 참석한 저녁 모임을 그린 작품이다.

편하게 해 줘야 한다. 그는 그런 일에 익숙하다. 1871년 그날, 두 사람은 무슨 얘기를 나눴을까? 현관 옷걸이에 모자들이 이쪽저쪽 비스듬히 걸려 있다. 모자 하나는 옷걸이 위쪽 선반에 반듯이 놓여 있다. 어쩌면 술을 마셨는지도 모르겠다. 카르자는 서 있고 랭보는 앉아 있다. 아무 말이 없다. 만약 우리가 그 자리에 있었다면 랭보가 일요일에 무슨 사절단처럼 정장을 차려입고, 여유롭게 사는 듯 보이는 사진가를 만나는 일을 불편해했으리라는 점을 눈치챘을 터다. 완장과 군모가 생각났기 때문이다. 역마다 정차하는 완행열차에서 피곤한 얼굴로 샤를빌에 내려선 사진사 앞에서 엄마는 허리를 숙이고 랭보의 팔뚝에 매인 우스꽝스러운 하얀 천을 확인하고 핀을 꼽고 레이스를 부풀렸다. 랭보는 얼굴이 달아올랐다. 아주 오래된 수치심과 아주 오래된 사랑이 되살아났으므로 두려움과 분노를 느꼈다. 그러나 이번에는 완행열차를 타고 온 피곤에 찌든 떠돌이 사진사가 아니라, 파리에서 활동하는 예술가가 촬영하리라. 보들레르를 찍은 사람이 아니던가!

사진작가는 허리를 숙여서 둥근 의자에 앉아 있는

시인을 관찰한다.

두 아들이 서로 마주 보고 있다. 아직 위고식의 시를 쓰는, 아니 완벽한 위고식의 시를 쓰는 아들의 운명은 지금 전환점에 다다랐다. 그는 고답파 시인들을 모두 만났지만, 고답파나 다른 유파에서 최고가 되는 것이 시 자체가 되는 것은 아님을 깨달았다. 그 사람들 사이에서 1등이 되더라도 인정받는 것은 아니었다. 무엇보다도 시는 하강하는 것임을 알았다. 노트르담 드 로레트 거리처럼 벼랑으로 떨어지는 내리막길이기에 아래로 굴러 내려가다 보면 브뤼셀의 호텔이나 건지섬의 움직이는 테이블 앞으로 떨어지게 되는 것이다. 시인은 제왕이며 마법사이며 사기꾼이다. 그래도 건지섬으로 떨어진다면 운이 좋은 편이다. 랭보는 내리막길의 초입에서 망설이고 있다. 또 다른 아들은, 그러니까 허리를 숙이고 시인을 관찰하는 사진작가는, 스스로 중요한 사람임을 알고 있지만 당최 무엇 때문에 중요한지는 잘 모른다. 아마 시간을 멈추는 사형 집행인처럼 무책임하고, 동시에 치명적인 예술을 하고 있기 때문은 아닌가, 하고 생각한다. 그는 자신의 모델을 관찰하고 있다. 넥타이가 삐뚤어져 있다. 넥타이가 무슨 색인지 확인한다. 우리는 무슨 색인지 모른다. 붉은 조끼를 입었는지, 검정 조끼를 입었는지도 가늠할 수 없다. 흑백 사진이기 때문이다. 카르자는 잠시 넥타이를 바로 고쳐야겠다고 생각하다가 관두기로 한다. 이 아이는 시인이다. 시인의 넥타이는 삐뚤어져도 괜찮다. 현관 옷걸이에 걸려 있는 모자들이 어둠 속에서 빛을 발하고 있다. 랭보가 뭐라고 말한다. 남자들이 웃는 것을 보니 외설스러운 얘기를 했음이 틀림없다. 모두 흩어졌다. 검은 옷을 입은 사내들이 얼마 남지 않은 햇빛을 받으며 움직이고 있다. 잠시 서 있는 듯하더니 순식간에 모두들 스튜디오 안으로 들어갔다.

10월의 날이 저물고 있다. 유리창으로 강하고 푸르스름한 빛이 들어온다. 물론 진즉에 바람이 세게 불기 시작했고 하늘은 더욱 높아졌다. 화분에 심긴 키 큰 식물들이 빛의 자극을 받아서 타고 있다. 은염이 반응하고 타드는 것만큼 속도가 빠르지는 않지만 열정은 똑같다. 커다란 카메라가 삼각대 위에서 기다리고 있다. 주름상자에 원통 렌즈가 끼워져 있고, 커다란 황동과 검정 합성수지가 만나서 반짝였다. 연단과 둥근 의자가 보인다. 그 뒤로 우중충한 색깔의 배경막이 쳐져 있다. 랭보는 보들레르가 앉았던 둥근 의자에 앉았다. 졸개들은 맞은편 벽에 기대서서 한마디씩 한다. 모두 자신의 의견이 일인자의 의견이기를 희망한다. 카르자가 유리판을 들고 돌아와서 겉옷을 벗고 원통 렌즈의 뚜껑을 연 뒤 검정 천을 뒤집어쓴다. 랭보는 「취한 배」를 썼다. 곧 죽을 사람처럼 시를 떠올렸다. 고답파 시인들을 겨냥해서 대단히 정확하게 운율을 맞췄지만 엄밀히 말하자면 「취한 배」는 시라고 할 수 없다. 어쨌든 운율을 맞추기는 했다. 뒷덜미가 뻣뻣해진다. 머리 위 하늘이 구릿빛으로 물들고, 노란 낙엽이 번뜩이는 유리창을 타고 미끄러져 내려간다. 「취한 배」의 백 개의 행이 폭포수처럼 랭보와 완장 사이로, 랭보와 우물 사이로 쏟아져 내린다. 랭보는 첫머리부터 공격을 감행한다. 조용한 강을 따라 걷고 달리고 춤을 춘다. 그의 입술은 움직이지 않는다. 엄마가 일어나서 허리를 숙인 채 랭보의 팔에 묶인 하얀 천을 확인한다. 고답파 시, 「취한 배」의 백 개의 행을 쓴 사람은 엄마다. 엄마는 울음을 터뜨리고 쓰러졌다가 다시 일어선다. 그녀가 승리했다. 그녀는 물에 잠긴 채 코르크 마개처럼 둥둥 떠

내려갔다. 검은 천 안에서 카르자가 랭보에게 머리를 약간 움직여 보라고 지시한다. 시인은 사진작가가 시키는 대로 한다. 미세하게 움직이는 머릿속에서 완벽하고 담담한 연들이 한 행씩 떨어져 내린다. 파도처럼 밀려오고 바람처럼 불어온다. 균형을 잃은 반행의 음절들이 12개씩 시골 처녀의 몸 위로 흘러내린다. 처녀는 울다가 웃음을 터뜨린다. 엄마가 「취한 배」를 썼다. 엄마가 고답파 시인들을 패배시켰다. 하늘은 아버지처럼 높다. 랭보가 숨을 참은 지는 꽤 됐다. 카르자가 카메라를 작동시킨다. 빛이 감광제 위로 쏟아지고 그것을 검게 태운다. 이 순간 랭보는 "유럽을 그리워한다."*

　세상 사람들 모두가 10월의 그 순간을 잘 알고 있다. 영혼과 육체의 진실을 말해 주는 순간이었다. 하지만 우리 눈에는 육체만이 보인다. 세상 사람들 모두가 헝클어진 머리카락과 파랗고 하얀 눈**에 대해 알고 있다.

---

* 「취한 배」의 구절. "나는 옛 난간들의 유럽을 그리워한다!"
** 시집 『지옥에서 보낸 한철』 중 「나쁜 피」의 한 구절. "나는 내 갈리아 선조들로부터 푸르고 흰 눈과, 좁은 두개골과, 싸움에서 서투른 기질을

한낮처럼 맑은 눈은 우리를 보지 않고 우리의 왼쪽 어깨 너머, 10월의 태양을 향해 올라가는, 까맣게 타 버린 화분을 응시하고 있다. 그러나 우리가 보는 그의 시선은 미래의 생명력, 미래의 포기, 미래의 열정, 『지옥에서 보낸 한철』과 하라르 그리고 마르세유에서 다리를 절단해 버린 톱을 향해 있다. 랭보의 시선은 우리처럼 시를 향해 있다. 이 유령은 헝클어진 머리카락, 천사 같은 타원형 얼굴, 부루퉁한 후광에서 적절히 확인해 볼 수 있다. 유령은 매우 부적절하게 우리의 왼쪽 어깨 너머에도 있지만 우리가 뒤를 돌아보면 벌써 사라지고 없다. 우리는 육체밖에 보지 못한다. 혹시 시에서 영혼을 볼 수 있을까? 바람이 빛을 가르며 지나간다. 복도에 걸린 모자들은 빛도 잃고 증인도 잃었다. 졸개들은 팔을 늘어뜨린 채 가만히 있다. 그들은 랭보의 꼭 다문 입술에서 「취한 배」가 나왔는지 확신하지 못하지만, 시구 정도는 말하지 않았을까 추측한다. 그들도 사진을 찍었다. 둥근 의자에 앉아서 자신들의 삼류작에 불과한 최고작에 대해 끝없이 떠

물려받았다.˝

들었다. 카르자가 어느 연에서 카메라를 작동했는지, 어떤 단어를 상자에 담았는지 그들도 우리만큼 아는 것이 없다. 그 순간 랭보가 '유럽을 그리워했는지'도 알 수 없다. 세탁부의 손은 보이지 않는다. 넥타이는 영원히 삐뚤어져 있을 테고, 우리는 넥타이 색깔을 영원히 알 수 없으리라.

카르자는 랭보의 다른 사진도 찍었다. 하지만 랭보와 싸우고 나서 유리 원판을 폐기해 버렸으므로 어떤 사진인지는 알려져 있지 않다. 카르자는 방금 자신이 인생의 역작을 완성했음을 알지 못한다. 아들들은 바닥에 앉아서 농을 주고받고, 랭보는 말없이 혼자 있다. 미사용와인을 마신 성가대 아이들처럼 행동하는 이 시인들을 도저히 견딜 수 없어서 그랬다. 돌연 그들이 시야에서 사라졌다. 오후 내내 이곳에 있을 수는 없다. 사진 촬영은 끝났다. 카르자는 유리판을 들고 옆방으로 갔다. 질산염 용액이 담긴 큰 통이 보인다. 바로 작업을 시작해야 한다. 아들들은 알아서 바깥으로 나갔다. 모두 모자를 집어든다. 복도에는 빈 옷걸이만 덩그러니 남았다. 다섯 아들들의 머리 위로 하늘이 떨어진다. 거리에서는 10월이 저

물고 있다. 나무가 흔들리고, 낙엽은 바람의 단순한 리듬에 맞춰 흩날리다가 발밑으로 떨어져서 보석이 된다. 그들은 손으로 모자를 잡는다. 검은 광채들이 전속력으로 내리막길을 내려간다. 그들이 파리 시내를 가로질러 가는 동안, 큰곰자리에서 일곱 개의 별이 나타났다. 바야흐로 압생트 아카데미에 도착했다.

7
사람들은
또 말했다

사람들은 또 말했다. 시인 제르맹 누보, 알프레드 메라, 라울 퐁숑, 스테판 말라르메, 음악가 에밀 카바네, 화가 앙리 팡탱라투르, 브라반트 출판인 자크 푸트, 수에즈 운하 건너에 있는 중개상 피에르와 알프레드 바르데, 또 다른 중개상 세자르 티앙, 하급 고용인 소티로스, 탐험가 폴 솔레이에와 쥘 보렐리, 메넬리크 2세, 라스 마코넨, 다르게 부르자면 마코넨 대공, 나긋나긋한 미소년 자미, 이교도 땅에 교구를 가지고 있는 자로소 주교, 어깨에 들것을 메고 바다로 뛰어가는 이름 없는 여섯 명의 아비시니아 흑인들, 다시 수에즈 운하를 건너 마르세유 병원에서 급하게 톱으로 수술한 의사 니콜라와 플뤼예트, 같은 마르세유 병원에서 수술이 끝난 뒤 랭보에게 밀떡을 권한 숄리에 신부, 여동생 이자벨, 어쩌면 랭보는 생사를 넘나들며 여동생 앞에서 신을 찾았는지 모른다. 아니, 황금과 미소년들을 찾았을 수도 있다. 누가 알겠는가. 샤를빌의 백인 묘지기 두세 사람에겐 여섯 명의 아비시니아 흑인들처럼 이름이 없다. 이들이 천재였던 청년의 노화와 저세상으로 떠나는 신화적 장면을 직접 목도한 증인들이라고 사람들은 또 말했다. 위대한 청년이 품었던 엄청난 분노는 많이 누그러졌고 책상에는 분노를 키워 줄 베르길리우스도 라신도 위고도 보들레르도, 하찮은 방빌조차 없었다. 그 대신 작업대가 들어왔다. 작업대 위에는 기초 목공 안내서가 놓여 있고, 앞서 말한 흑인과 백인 사내들이 둘러서 있다. 그러한 자격으로 이들 모두는 이장바르나 방빌, 베를렌처럼, 그러니까 아버지나 형의 역할을 했다. 따라서 유령 나팔을 불었던 랭보와 관련한 다른 사람들처럼 이들 모두는 이 책에서 한 장을 할애해 소개할 만한 가치가 있는 사람들이다.

하지만 나는 그 사람들에 대해 쓰지 않을 것이다.

나는 그들을 버릴 것이다.

당신, 두에 혹은 콩폴랑에 살고 있는 청년은 그 사람들을 본 적이 있다. 나보다 그들에 대해 더 잘 알고 있다. 당신은 도서관 앞에 오토바이를 세우고, 워크맨을 집어넣고, 서늘한 궁륭을 지나 사서가 졸고 있는 따분한 열람실에 당당하게 자리를 잡았다. 당신은 회색 셔츠를 입고 '앉아 있는'* 연락병에게 작은 도판집을 요청하고, 사서를 내려다보면서 이마에 내려온 머리카락을 쓸어올렸다. 어쩌면 그때 어깨에서 날개가 솟아나며 가죽 재킷을 찢고 있음을 느꼈을 수도 있다. 당신은 방빌이나 누보나 베를렌의 시집이 아니라 플레이아드 총서 『랭보 도판집』**을 요청했다. 『일뤼미나시옹』에서 말의 의미는

---

* 랭보는 샤를빌 도서관을 자주 찾았다. 랭보가 사람들이 거의 찾지 않는 책들을 요구하면 사서들은 일어나기 귀찮아하면서 불평했다고 한다. 랭보는 시 「앉아 있는 사람들」에서 아무것도 하지 않고 앉아 있기만 하는 사서들을 조롱했다.

** 갈리마르 출판사의 플레이아드 총서에서는 1962년부터 『플레이아드 도판집(album de la Pléiade)』이 출간되고 있다. 매년 한 작가를 선정해 작품과 관련한 그림과 사진을 모아서 펴낸다. 『랭보 도판집』은 1967년에 출간됐다.

회오리바람에 날려 사라져 버렸다. 그런 몇 가지 이유로 당신은 『랭보 도판집』에서, 그리고 동시대를 살았던 사람들의 단순한 인물 사진에서 말의 의미를 되찾을 수 있으리라고 생각했다.

당신은 그 사람들을 봤다. 두껍지 않은 도판집에 나온 그들의 얼굴을 관찰했다. 한 장 한 장 넘길수록 시 자체인 랭보를 보았던 사람들의 시선들이 종이에서 튀어나와 당신에게 달려들었다. 한 장 한 장에 담긴 탁한 시선들을 보면서 당신은 증인이란 무엇인가 고민했고, 도판집에 모아 놓은 인물화와 사진 들이 얼마나 덧없는지 생각했다. 그래도 마음을 다해 초상들을 살폈다. 아비시니아의 거친 사내들과 미소년들, 브라반트의 출판인처럼 도판집에 나오지 않은 인물들이 랭보와 같은 물건을 사용했으리라고 상상했다. 나는 콩폴랑 도서관에서 당신의 어깨 너머로, 당신의 눈을 통해 그들을 보았다. 그들은 편집자들이다. 나는 그들이 『지옥에서 보낸 한철』을 편집하고 있는 모습을 보았다. 마법 같은 작은 이절판 시집을 읽는 것이 빵을 먹는 것보다 더 배부르게 해 주지만 그만큼 실망감도 크다. 그들은 시인이다. 방금 완성한

『일뤼미나시옹』을 정서하며, 모든 언어가 도망가고 의미마저 사라진 회오리바람 같은 시에 만족한 것은 아니지만 샤를빌에서 아들이 낭송한 베르길리우스풍의 장황한 시구를 듣고 비탈리 퀴프가 입을 떡 벌렸듯이, 입을 벌린 채 감탄하는 그들을 상상해 보았다. 런던에서는 제르맹 누보가 『일뤼미나시옹』을 정서하던 중에 고개를 들어 우리에게 자존심 강한 옆모습을 보여 주었다. 수염이 덥수룩한 시인은 사라져 가는 의미를 우울하게 바라본다. 그들은 중개상이다. 그들이 중개상 '린보(Rinbo)'와 값진 영양 가죽이 들어 있는 짐을 푸는 모습이 보인다. 그들은 왕이나 대공이고, 납덩어리 같은 의미를 지닌 총기 상자를 놓고 랭보와 가격을 흥정하고 있다. 그들은 화가다. 「식탁 모서리」라는 그림을 그들 손으로 직접 벽에서 내리고 있다. 그들은 예술가들의 훌륭한 단체 초상화를 치우는 중이다. 나락으로 떨어진 여섯 시인 보니에, 블레몽, 에카르, 발라드, 데르비유, 펠르탕과, 별들 속에서 환하게 빛나는 두 시인 베를렌과 랭보가 같은 식탁에 앉아서 같은 공기를 호흡하고 같은 와인을 마시며 후세에 누리게 될 영광의 푸른 선을 각자 다른 방향으로 응시하고 있다. 검정 모자를 주교관처럼 쓰고 반듯하게 서 있는 잘생긴 엘제아르 보니에가 있고(마치 1830년처럼 긴 머리카락에 모자를 쓴 유일한 사람이다.), 그 아래에 랭보가 있다. 역사의 후광이라 할 수 있는, 이를테면 주교관은 최종적으로 랭보에게 돌아갔다. 이 기묘한 최후의 만찬은 통상적인 회화의 원칙에서 벗어나 있다. 아들 중의 아들이 그림 한가운데 위치하지 않고, 다른 아들들을 향해 두 손을 벌리기는 했지만 한쪽으로 밀려나 있다. 심지어 사람들에게 약간 등을 돌리고 있다. 이 현대의 최후의 만찬은 감동적이지만 동시에 불안감을 불러일으키기도 한다. 화가인 그들은 그 점을 감지하고 그림으로 표현했다. 우연히 그랬을 수도 있겠지만 나는 기적이라고 말하고 싶다. 그들은 검정 천을 뒤집어쓰고 빛과 질산염을 반응시켜서 예술을 창조하는 사진가다. 나는 그들이 랭보의 인물 사진을 찍는 모습을 백 번 넘게 보았고 몇 번이라도 더 볼 의향이 있다. 랭보의 만돌라*는 이제 성녀 베로니카의 베일보다 더 유명해졌다. 성녀의 베일보다 더 이

---

* 아몬드 형태의 인물화나 인물 사진을 가리키기도 하지만 본래 신성한 광휘, 몸을 에워싼 빛을 의미한다.

치에 맞고 의미는 덜한 랭보의 사진은 강렬한 아이콘이 되었다. 넥타이는 영원히 비뚤어져 있을 테고, 또 우리는 그 넥타이 색깔을 영원히 모를 것이다. 나는 카르자가 고민하는 모습을 보았다. 아마 우리 모두 보았을 것이다. 넥타이가 비뚤어진 것을 보고 사진을 촬영하기에 앞서 바로잡아 줘야 할지 고민하고 있었다. 우리는 이 아찔한 순간의 카르자를 본 것이다. 그가 랭보의 타원형 사진을 저울에 올려놓았다. 그 무게는 랭보의 모든 작품까지는 아니더라도 그것에 거의 맞먹었다. 그리스인 소티로스도 있다. 랭보의 하급 직원으로 일했지만 부수적으로 사진가 역할도 해야 했다. 랭보는 카메라 앞에서 포즈를 취하기 전에 그에게 검정 천을 어떻게 뒤집어써야 하는지, 어떤 구멍으로 피사체를 보아야 하는지, 무슨 장치를 눌러야 하는지, 어떤 유리판을 작동시켜야 하는지 알려 주었다. 허풍선 타르타랭*처럼 땅딸한 소티로스는 짧은 프랑스어로 언어 그 자체인 랭보와 대화를 나눴다. 우리

---

* 알퐁스 도데의 소설 『타르타랭의 모험』의 주인공. 타르타랭의 성격은 돈키호테 같고, 외모는 돈키호테의 시종인 산초 판사와 닮아서 뚱뚱하고 다리가 짧다.

는 소티로스가 바나나나무 앞에 서 있는 자신의 상사, 랭보의 전신사진을 마지막으로 찍는 모습을 보았다. 너무 멀리서 찍은 탓에 얼굴이 잘 보이지 않는 사진이다. 리옹에서 사막을 거쳐 운반해 오느라 엄청난 비용을 들인 카메라 주위를 소티로스가 부산스럽게 오가고 있다. 이제 랭보도 나이 들어 보인다. 그는 샤를빌에 있는 노인네를 바라보고 있다. 이 사진은 바로 그 노인네에게 보내기 위한 것이다. 이 남자들은 랭보를 만났고, 랭보와 대화를 나누었다. 계량*이나 총에 관한 것이었다. 그 사람들은 아무 말 없이 고약하게 웃기만 했다. 랭보가 주먹으로 테이블을 내리치면 그들은 변명을 했고, 만약 그들이 왕이거나 대공이면 랭보보다 더 세게 식탁을 내리쳤다. 그 사람들의 이야기는 여기서 그만두겠다.

나는 시 자체인 사람 또는 과거에 시 자체였던 사람의 존재에 대해 동시대인이 반응하는 세 가지 방식을 얘기했다. 고집불통이고 증오에 갇혀 옴짝달싹 못 하던 시 자체인 사람은 사랑과 증오가 뒤섞인 대상이 존재하지

---

* métrique. 거리, 측량, 계량이라는 뜻이지만 운율, 운율법이라는 의미도 있다.

않는 사랑의 무한한 자유에 관한 여러 가능성을 탐구했고 언어에서 가장 완벽한 대상을 찾았다. 어찌나 완벽했는지 끊임없이 걸고 욕망하고 저주해 대던 그 사람은, 언어가 무너졌을 때 스스로 존재하기를 거의 그만뒀을 정도였다. 나는 랭보 앞에서 허용된, 인간의 모든 행동 방식에 대해 말했다. (우리가 인간이기를 계속 바라는 경우에 한해서.) 먼저, 이장바르의 방식이 있다. 단숨에 완전히 정복당했지만 정복당하지 않은 척하면서 정복당하지 않았노라고 만방에 선언하기. 그러고는 동시에 시선을 돌리고 팔을 떨어뜨린다. 한편 끊임없이 반박하고, 비평하고, 공정하지 않은 거래임을 알면서도 계속 거래하는 방식이 있다. 시의 왕은 무게를 달 때마다 저울 한쪽에 황금 검을 올려놓는데, 그러면 사람들은 처음부터 다시, 수년 동안 작업해 온 종이 뭉치를 자기 저울접시에 잔뜩 올려놓는다. 하지만 저울대는 털끝만큼도 움직이지 않는다. 이것이 방빌의 방식이다. 방빌 같은 사람이 대다수다. 나는 그런 사람들을 모두 편의상 방빌이라고 부른다. 베를렌의 방식도 있다. 언어를 끌어내리기 위해 베를렌이 시도하였듯 언어를 향해 총을 쏘는 것이다. 다른 행동 방식 역시 있겠지만 이것이 내가 아는 전부다. 하나 더 있다면 맹목적인 복종이리라. 하찮은 사람이 위대한 사람에게 무조건적으로 경배하는 방식, 사람 좋은 소티로스의 방식이다. 그러나 나는 복종에 관심이 없다. 복종은 '문인'의 자질이 아니기 때문이다. 말하자면 복종은 문학의 영원한 도약과 거리가 멀다는 뜻이다.

하지만 랭보는 소티로스와 함께 바나나나무 아래에 그대로 있는 편이 좋을 것 같다. 랭보에게서 동료를 찾아보기는 힘들다. 사람 좋은 소티로스는 삼각대가 달린 카메라를 어깨에 메고 종종거리며 바쁘게 걸었다. 그러나 짧은 다리로 전설의 발걸음을 내딛는 상사를 따라가기란 쉽지 않아 보인다. 랭보가 종려나무 숲 쪽으로 사라지자, 그의 완벽한 리듬, 거부당한 리듬, '반드시 파괴해야 할 것(delenda est)' 그리고 '제기랄!'이라고 욕하는 버릇까지 함께 사라졌다. 어쩌면 어둠 속으로 사라지기 전에 사람 좋은 소티로스에게 마지막으로 '제기랄!'이라고 욕지거리했을 수도 있다. 애정이 담긴 장난이었다. 소티로스 역시 종려나무들 사이로 사라졌다. 아마도 두 사람은 바나나나무 아래서 쉬었을 것이다. 주인은 잠을 청한다. 그는 쉬면서 자신이 취해 있는 어린 시절로부터 벗어나고자 다시 한 번 헛되이 애썼다. 하인은 잠자는 주인을 본다. 우리는 그들을 볼 수 없다. 조용하다. 종려나무 그늘 아래서는 나팔 소리도 들리지 않는다. 하지만 파리에서는 벌써 나팔 소리가 울리고, 새로운 깃발이 올랐다. 새 깃발에는 위고, 보들레르 등 고루한 인사들의 이름이 아니라 랭보의 이름이 적혀 있다. 음울한 요정이 작업하기 위한 모든 준비는 끝났다. 끔찍한 베를렌이 사랑스러운 산문을 쓰고, 다르젱, 바쥐, 길, 몽테스키외, 베리숑, 구르몽 같은 견자이면서 동시에 리모주 출신 학생*인 시인들은 엉뚱하고 기괴한 소리를 지껄인다. 클로델은 머지않아 노트르담 대성당에 갇혀서 나오지 못할 테고, 브르통은 우스꽝스러운 계급론을 공표하고, 가엾은 이자벨은 너그럽게도 끔찍한 베를렌과 곧 은밀하게 거래한

---

* 프랑수아 라블레의 소설 『팡타그뤼엘』의 6장에서 팡타그뤼엘이 파리의 대학생을 만나는 일화가 나온다. 젊은이는 자신이 대학생임을 자랑하려고 당시 학생들 사이에서 유행하던 프랑스어와 라틴어를 섞은 엉터리 말로 이야기를 한다. 이에 팡타그뤼엘은 불같이 화를 내고, 당황한 학생의 입에서 불쑥 고향인 리모주 지방의 사투리가 튀어나온다. 프랑스어와 라틴어를 모두 파괴했던 파리의 대학생들을 풍자하는 일화다.

다. 이미 파리의 모든 사람들은 랭보의 사진에서 마치 거울을 보듯 자신의 모습을 보았고 부르쥔 주먹처럼 꽉 닫힌, 그 손처럼 부여된 의미를 단단히 붙잡고 있는 작품에 대해, 그리고 우리가 잘라 버린 손처럼 잘려 나간 삶에서 태어난 작품에 대해 해석의 회전문과 해설의 물레방아는 이제 돌아갈 준비를 마쳤다. 랭보는 바나나무 아래서 자고 있다. 아무 말이 없다. 그의 침묵은 아귀다툼으로 이어졌다. 나도 이 아귀다툼에서 쓸데없는 참견을 하려고 한다. 나도 할 말이 있으니까. 랭보가 입을 다문 이유는, 그리고 말라르메가 언급한 이래 계속 좋은 의미로 인용되는 "그가 자신의 삶으로 시를 쓰고"* 있는 까닭은, 언어란 어린 랭보가 샤를빌에서 열렬히 꿈꾸었던 보편적 특권이 아니었기 때문이다. 나중에 그는 황금만이 유일한 특권이 될 수 있음을 깨달았다. (아르튀르 랭보! 당신이 누군가에게 제공받은 그 마법 같은 황금 허리띠를 정말로 둘렀기를, 급박한 상황이었다면 맨살에라도 둘렀기를 진심으로 바란다. 그래서 그 황금 허리띠가 사막의 당신에게 필요한

---

* 말라르메는 산문시 「소요」에서 랭보가 시를 포기하고 새로운 인생을 사는 것에 대해 "자신의 삶으로 시를 쓰고 있다."라고 했다.

세상의 모든 특권을 가져다주었기를.)

마침내 나는 사르다나팔루스 왕의 상징이며 맘루크 병사들이 붉은 조끼 안에 둘렀던 황금 허리띠라는 낭만적 신기루에서 가까스로 빠져나올 수 있었다. 이를테면 랭보는 자기 작품의 아들이 될 수 없었으므로 더 이상 시를 쓰지 않았다고 생각해서다. 다시 말해 랭보는 자신의 작품을 스스로의 아버지로 인정하지 않았다. 「취한 배」, 『지옥에서 보낸 한철』, 「어린 시절」마저, 자기가 이장바르, 방빌, 베를렌의 자식임을 인정하지 않았듯이 부자 관계를 부인했다.

나는 혜성을 본다. 황금 허리띠, 은하수, 하늘의 등대, 그런 이미지들.

마지막으로 『불가타 성서』를 들춰 본다.

브뤼셀 시절을 마감하고 베를렌은 몽스로 갔고, 랭보는 고향 집으로 돌아갔다고 알려져 있다. 바나나 농장으로 떠나기 훨씬 전의 일이다. 랭보의 외가는 비탈리 퀴프에 이르기까지 대대로 아르덴 지방 로슈 마을의 비옥한 땅과 숲에서 농사를 지었고, 수확한 밀단에 피곤한 몸을 뉘었다. 바로 이곳, 고향 집 다락방에서 고약하고 야수처럼 거칠지만 소녀의 여린 마음을 지닌 청년이 가을걷이 무렵에 『지옥에서 보낸 한철』을 썼다. 다른 곳에서 시작했을 수도 있다. 문명이 바알신의 발밑으로 굴러떨어지고 검은 연기에 휩싸인 미래적 대도시에서 시를 쓰기 시작했을 수도 있지만 마무리는 햇빛 찬란한 추수철에, 제법 문명화된 이곳, 시골에서 이루어졌다. 오후 4시쯤 뜨거운 태양을 피해 형과 두 여동생 그리고 7월 한여름에도 12월 냉기가 도는 얼굴을 한 엄마가 높이 쌓인 밀단 사이를 지나 부엌으로 들어와서 찬 와인에 빵을 적셔 먹으며 또다시 뜨거운 햇빛으로 용감하게 나가 몸을 바삐 움직일 수 있도록 기운을 차리는 동안, 그 위에서는 『지옥에서 보낸 한철』의 작가가 통곡을 하고 있었다. 우리는 지난 백 년 동안 시인의 통곡에서 상실, 베를렌과의 이별, 실패한 문학적 야망, 날개를 관통한 총소리를 듣고 싶어 했다. 또한 '투시력'의 종말과 언어를 만드는 마법의 종말, 즉 『지옥에서 보낸 한철』이 단호하게 부정하는 모든 미래주의적 위선의 종말을 확인하고 싶어 했다. 하지만 나는 랭보의 통곡, 울부짖음, 주먹으로 책상을 내리치는 소리는 그러한 종말을 뛰어넘어 고대에서 온 순수한 환희가 아닐까 생각한다. 어쩌면 평생 동안 한 번 있을까 말까 한 은총이 우연히 종이 위로 내려올 때 우짖는 장엄한 통곡일 수도 있다. 정확한 문장이 시인을 잡아당겼을 때 그 시인에게서 뜯겨 나오는 통곡, 정확한 박자가 시인의 등을 격렬하게 밀어붙였을 때 그 시인이 부서지면서 내지른 통곡이었을 수도 있다. 이 모든 것에 사로잡힌 시인은 진실을 말하고 의미를 이야기한다. 어떻게 그러한지 모르지만 시인은 그 순간 종이 위에 쓰인 것이 의미이고 진실임을 안다. 아주 어린 시인이 진실을 말한 것이다. 시인은 아르덴의 '음울한 촌구석'*, 좀체 말이 통하지 않는 거무스레한 노파가 웅크리고 있는 '늑대 굴'로 돌아온 것이 아니다. 의미가 시인의 야수 같은 손, 난폭한 상실, 소녀처럼 여린 마음을 이용해서 또다시 우스꽝스러운 단어들의 옷을 입고 나타났다. 그것은 6월의 외투였다. 시인은 그 외투를 붙잡고 울음을 터뜨린다. 오후 4시에 아래층에서 시원한 물을 탄 와인에 빵

---

* 랭보는 어릴 적 친구 들라에게 보낸 편지에서 "어머니가 나를 이 음울한 촌구석에 처박아 놓았다!"라고 한탄했다.

을 적셔 먹고 있던 식구들은 흠칫 놀라서 서로 쳐다보고는 불쌍한 아르튀르가 울고 있다고 오해했다. 그 사람들이 들었던 소리는 어쩌면 「요한 계시록」에 나오는 왕들이 지치지 않고 하느님의 영광을 바라며 "거룩하시다, 거룩하시다, 거룩하시다!"를 영원히 외치는 울림이었을 수도 있다. 나는 「요한 계시록」의 왕들이 상투스를 정확히 노래하면서 영원토록 울부짖었다는 기록에 반하는 증거를 아직까지 보지 못했다. 추수를 멈추고 잠깐 쉬고 있던 식구들이 들은 것은 바로 이 엄청난 소동이었다. 물론 랭보가 아무리 정확하게 상투스를 노래했다고 해도 하느님의 영광에 대해 그렇게까지 깊이 생각한 것은 아니었다. 왜냐하면 그가 혐오스러운 시대, 19세기 말에 태어나서 시를 썼기 때문이다. 그래서 신은 랭보의 책상에서 이미 오래전에 사라졌고 정확한 문장이라는 헛된 영광만이 남았다. 이러한 이유로 식구들은 오후가 아닌, 이를테면 새벽에는 상투스가 아닌 다른 소리를 들었다. 새벽에, 오후 4시에 빵을 적셔 먹었던 그 그릇에 와인이 아닌 커피를 담아 마실 때에, 역시 고대의 소리인 듯하지만, 페레아 복스(Ferrea vox), 강철 같은 목소리, 격렬하고 권위

적이고 폭압적이고 광야에 내던져진 늙은 선지자들의 음성을 들었다. 선지자들은 자신들의 입에서 나오는 어떤 소리도 상투스가 되지 않도록 분노를 폭발시켰다. 신이 나타나기를 촉구하고, 신을 모욕하고, 새벽의 파리한 허공에 대고 소리를 질렀다. 랭보는「요한 계시록」의 어린 왕이 아닐 때는 어린 예레미야가 되었다. 그렇게 다락에서 요란스러운 소동을 일으켰다.

우리는『지옥에서 보낸 한철』이 훌륭한 시라는 정도의 얘기만 알고 있을 뿐 정확히 무엇인지는 말하지 못한다.『지옥에서 보낸 한철』은 두 개의 목소리, 경배하는 왕의 목소리와 분노하는 선지자의 목소리(둘 모두 문학이다.)가 시 안에서 전투를 벌이고, 복음서보다 더 분분한 해석을 야기한다. 천상의 노래인지 신성 모독인지 분명하게 말하기는 힘들다. 절대 포기하지 않는 포기이며 긍정과 부정이 얽혀 있다. 우리는 비단 칼로트 모자를 쓰고 앉아, 부정에서 긍정을 분리해 내고자 끊임없이 노력한다. 시가 비틀거리는 서구를 표현한다고 분석하는 사람들도 있다. 서구의 모든 모순이 물레방아처럼 연신 돌고, 또 물레방아에서 내리 떨어지는 물처럼 산산이 부서지고 그럼에도 어디 한 곳 상한 데 없이 다시금 돌아서 나온다고 말이다. 우리는 『지옥에서 보낸 한철』이 물레방아의 물처럼 환희에 차 있음을 알 수 있지만, 서구에 종말을 고하는지 아니면 이번에도 서구를 다시 일으켜 세우는지 판단하기란 쉽지 않다. 그것이 맞든 틀리든 아르덴의 다락방에서 열아홉 청년이 「요한복음」처럼 난해하고, 「마태복음」처럼 거칠고 「마가복음」처럼 이교적이고 「누가복음」처럼 세련되고 사도 바울처럼 지극히 현대적인 시를 썼다는 것, 다시 말해 성경에 반기를 들고 성경과 경쟁하는 시를 썼다는 것 자체가 기적이라는 데에 우리는 동의하지 않을 수 없다. 물론 부족한 점이 없지는 않다. 『지옥에서 보낸 한철』은 나 자신만을 위한, 가진 것 없고 보잘것없는 나 자신만을 위한 복음 말고 다른 형태의 복음은 없기 때문이다. '다른 이'여도 상관없지만 나사렛의 빈자이며 나사렛의 영광인 '다른 이'는 결코 아니다. 어쩌면 『지옥에서 보낸 한철』은 복음서에 비해 고루할 수도 있다. 하지만 그 점은 중요하지 않다. 이제 우리의 복음서가 되었으니까. 어린 예레미야가 승리했다. 랭보는 문학 안에 머무르면서도 문학보다 훨씬 강했다.

그가 우리를 붙들었다.

랭보가 『지옥에서 보낸 한철』을 썼다.

밤이 되어 낮에 추수하던 사람들이 모두 잠자리에 들고 랭보가 집 밖으로 나오는 모습이 보인다. 그도 열심히 일했다. 7월의 밤하늘은 별들로 가득하다. 별 아래에는 보아스의 이야기에서처럼 거무스레한 건초 더미가 쌓여 있다. 흐릿하지만 랭보가 거기에 있다. 헝클어진 머리, 크게 뜬 눈, 커다란 손…… 선선한 한밤의 어둠 속에서 그의 모습은 대리자처럼 신중하고 신비스럽다. 그는 짚단에 기대어 웅크리고 있다. 그가 뭐라고 읊조리는 소리가 들린다. 감정에 복받쳐서 낮에 쓴 글을 읊고 있다. 신이 인간의 마음에서 떠난 이래 세상의 그 어떤 것에서도 찾을 수 없었던 감정이다. 만약 하늘에 능품천사들이 있다면, 또 그들이 위고의 시 「잠자는 보아스」에 나오듯 추수철 밤에 뛰놀기를 무엇보다 좋아한다면, 천사들은 이 끓어오르는 흥분이 무엇인지 잘 알 터다. 옛날 유대에서, 로마에서, 생시르에서, 언어에 리듬을 부여함으로써 감정을 자아내는 모든 곳에서 들어 봤기 때문이다. 천사들은 그 감정을 안다. 우리 역시 알고 있다. 그러한 감정이 존재함을 알고 있지만 정확히 무엇인지는 모른다. 완고한 남자 혹은 여자의 입에서 굴러 나오는 말에 맞춰 심장을 뛰게 하는 것이 무엇인지 모른다. 별들이 조심스레 무심히 반짝이고 있다. 어둠 속에서 한 목소리가 별들에게 『지옥에서 보낸 한철』을 읊어 준다. 주먹이 감기고 감정이 격앙되고 눈물이 터져 나온다. 우리는 이러한 흥분이 무엇인지 안다. 아마도 12월의 환희일 것이다. 아니면 지배력일까? 이제 자기가 모두의 스승, 그러니까 위고, 보들레르, 베를렌 그리고 하찮은 방빌의 스승이 되어서일까? 아니면 전쟁인가? 우리를 지탱해 주던 12음절 형식을 무너뜨리고, 또 오래된 관습을 해체해서 우리를 아무런 안내도 없이, 어둠 속의 짚단처럼 말없이 가만히 세워 둬서일까? 시를 어둠 속에 우두커니 서 있는 짚단처럼 만들어 버렸음에 대한 씁쓸한 기쁨일까? 아무도 신경 쓰지 않고, 아무 말 없이 음침하게, 아무 의미 없이 서 있는 짚단처럼? 건초 더미나 인간과는 전혀 무관한 별들을 위한 영광일까? 6월일까? 상투스일까? 새로운 기도와 새로운 사랑과 새로운 언약을 찾았음에 대한 감미로운 환희일까? 그런데 누구와 사랑을 하고 누구와 언약을

맺었단 말인가? 별들이 어둑한 나뭇잎들 사이로 춤을 춘
다. 집은 밤보다 더욱 새까맣다. 아! 어머니! 아마도 마
침내 어머니 품으로 돌아와서, 어머니를 포옹해서 그런
지도 모릅니다. 어머니는 저에게 책을 읽어 주시지 않았
고, 어머니 방의 우물 속에서 주먹을 부르쥐고 주무셨죠.
저는 어머니를 위해 형언할 수 없는 당신의 슬픔과, 출구
없는 벽을 닮은 말들을 창조했습니다. 알맹이 없는 말들
이었습니다. 아버지, 저는 멀리 있는 당신과 얘기하고자
목소리를 높였습니다. 하지만 당신은 대답이 없었습니
다. 무엇이 문학을 끝없이 되살리는가? 무엇이 사람으로
하여금 글을 쓰게 하는가? 다른 사람들, 어머니, 별? 아
니면 위대한 옛것들, 신, 언어인가? 능품천사는 답을 알
고 있다. 능품천사는 나뭇가지 사이로 이는 바람이다. 밤
은 깊어지고 달이 떠오른다. 이제 짚단에 기대어 있는 사
람은 없다. 랭보는 종이가 여기저기 흩어진 다락으로 올
라가서 벽에 기댄 채 깊은 잠을 청했다.

랭보의 모든 아버지들

아들 랭보. 아들 랭보? 제목이 낯설다. 우리에게 랭보는 시인이고 청춘과 반항의 아이콘이고 무기 중개상이고 여행자였지만 아들인 적이 있었던가?

제목에 걸맞게 책은 랭보의 부모 이야기로 시작한다. 어머니 비탈리 퀴프는 프랑스 북동쪽 아르덴 지방 로슈라는 마을에서 대대로 농사를 짓던 집안에서 태어났다. 오랜 밭일에 낯빛이 거무스레한 어머니는 머리가 비상하고 인물 좋은 아들을 모범적인 기독교인이자 부르주아로 키우려고 부단히 애썼다. 반면 아버지 프레데리크 랭보는 프랑스 보병 대위로 짧은 결혼 생활의 대부분을 가족과 떨어져 지냈고 랭보가 예닐곱 살 때쯤에는 아예 가족과 인연을 끊었다. 책에서 유령이라고 표현될 정도로 아버지는 랭보의 삶에서 완벽히 부재한 존재였다. 하지만 친아버지를 대신한 다른 아버지들이 있었다. 말레르브, 라신, 위고, 보들레르, 방빌 등이 기꺼이 천둥벌거숭이 천재 소년의 아버지 역할을 마다하지 않았다.

책의 제목도 낯설지만 책의 모양새도 기대와 다르다. 『아들 랭보』는 일견 프랑스 상징주의 시인 아르튀르 랭보의 전기처럼 보이지만 읽다 보면 소설이 아닌가, 할 만큼 보통의 전기와는 결이 다르다. 한 사람의 인생에서 일어난 주요 사건과 그에게 영향을 미친 인물들을 중심으로, 태어나서 죽을 때까지의 삶 전체를 조명하는 것이 일반적인 전기 서술이라면 『아들 랭보』는 랭보가 시를 쓰기 시작해서 시를 포기하기까지의 특정 시기만 다룬다. 이를테면 시에 재능을 보인 중등학교 시절 시에 대한 열정을 심어 준 이장바르 선생님, 파리에서 만난 고답파 시인들, 베를렌과의 운명적 만남과, 런던과 브뤼셀로의 도피, 카르자가 찍은 유명한 랭보 사진에 관한 에피소

드, 『지옥에서 보낸 한철』을 완성하는 장면 등 랭보의 유년과 청년 시절이 작가의 상상력과 사색으로 재구성되어 있다.

작품 전체에서 '사람들이 말하기를', '누가 그렇게 말했다.', '~했다고 한다.'라는 표현이 자주 등장한다. "비탈리 랭보의 결혼 전 성은 퀴프였다고 한다." 이처럼 랭보의 엄마의 이름조차 확실하지 않은 사실처럼 표현한다. 기존의 수많은 랭보의 전기들과 거리가 있고, 기정 사실로 받아들여지는 사실에는 달리 흥미가 없다는 표시이리라. 또 저자는 "랭보에 관한 책은 결국 한 가지뿐이다. 모두 같은 책이고 서로 대체할 수 있다."라고 말하면서 『아들 랭보』가 숱한 랭보의 전기 중 하나가 되지 않겠다는 의지도 피력하고 있다. 『아들 랭보』는 랭보의 전기이지만 랭보의 전기가 아닌 것이다.

『아들 랭보』의 저자 피에르 미숑은 1945년 프랑스 중부 크뢰즈 지방 샤텔뤼스라는 농촌 마을에서 태어났다. 랭보처럼 외가가 대대로 농사를 지었으며 또 랭보처럼 아버지가 어릴 적에 집을 나갔고, 외가에서 초등학교 선생님인 어머니 손에 자랐다. 피에르 미숑이 랭보에 천착하는 이유를 어렵지 않게 짐작할 수 있는 부분이다. 랭보는 플로베르, 위고, 베케트, 포크너와 함께 피에르 미숑이 좋아하는 작가이고 『아들 랭보』는 랭보 사후 100년이 되던 해인 1991년에 출간되었다. 작가 스스로 자신의 모든 작품엔 랭보의 문장이 항상 인용되어 있다고 말하기도 했다. 미숑은 클레르몽페랑 대학교에서 문학을 전공한 뒤 극단에 들어가서 프랑스 전역을 다니며 연극을 했다. 하지만 술과 마약 중독으로 불안정한 삶을 살다가 서른아홉 늦은 나이에 첫 작품 『사소한 삶』(1984)을 출간하고 작가의 길로 들어섰다. 첫 작품은 고향 마을 사람들과 유랑 극단 시절에 만났던 여덟 사람의 인생 이야기다. 장삼이사의 삶을 산 여덟 사람의 이야기를 관통하는 주제는 아버지의 부재와 문학에 대한 탐구다. 이 주제는 피에르 미숑이라는 이름을 대중에게 알린 『아들 랭보』로 이어진다.

『아들 랭보』에서 피에르 미숑이 랭보의 삶과 시를 빌려 궁극적으로 말하고 싶었던 바는 문학과 작가와 글쓰기에 관한 것이 아닐까 한다. 미숑은 질문한다. "무엇이 문학을 끊임없이 되살리는가?", "무엇이 사람으로 하여금 글을 쓰게 하는가?" 『아들 랭보』에는 위고, 방빌, 보들레르, 고티에, 클로델, 베를렌 등 많은 작가들이 등장한다. 랭보와의 인연으로 등장한 것이지만 미숑은 이들을 통해 말, 언어, 글쓰기, 문학적 투쟁, 작가의 운명, 즉 자기 스스로를 관찰하고 사색한다.

　　피에르 미숑의 문체는 프랑스 독자들에게도 호불호가 갈린다고 한다. 산문시라고 불러도 무방할 만큼 독특한 음악성을 가지고 있고, 단어들 역시 매우 신중하게 선택된 까닭에 모두 문장 안에서 고유의 의미를 지닌다. 시어처럼 함축적인 단어들, 수많은 상징과 은유적 표현은 직관적 이해를 방해하기도 한다. 옮긴이에게는 매우 두려운 문장들이 아닐 수 없다. 그럼에도 시처럼 낭독해 보고, 또 시처럼 몇 번이고 곱씹어 읽어 보라고 권하고 싶다. 피에르 미숑이 전하려 하는 말을 더 잘 들을 수 있도록.

임명주

옮긴이 임명주

한국외국어대학교 불어과와 같은 대학교 통역대학원 한불과를 졸업했다.
옮긴 책으로 폴 모랑의『밤을 열다』, 볼테르의『불온한 철학 사전』,
샤를 단치의『걸작에 관하여』, 프랑스의 대표적인 추리 소설 작가 미셸 뷔시
의『그림자 소녀』,『절대 잊지 마』, 르롱바르 출판사 콩트르샹 시리즈 그래픽노
블『프리드리히 니체』,『헨리 소로』,『폴 고갱』등이 있다.
출판 기획 및 번역 네트워크 '사이에'에서 활동하고 있다.

아듈 랭보

1판 1쇄 찍음 2022년 11월 18일
1판 1쇄 펴냄 2022년 12월 2일

지은이 피에르 미숑
옮긴이 임명주
발행인 박근섭·박상준
펴낸곳 (주)민음사

출판등록 1966. 5. 19. 제16-490호
서울시 강남구 도산대로 1길 62(신사동)
강남출판문화센터 5층(06027)
대표전화 515-2000 | 팩시밀리 515-2007
홈페이지 www.minumsa.com

한국어 판 ⓒ (주)민음사, 2022. Printed in Seoul, Korea

ISBN 978-89-374-2732-9 (03860)